육아도 퇴근이 필요해

육아도 퇴근이 필요해

케이티 커비 지음
박선령 옮김

살림

목차

・・・세상 모든 불완전한 부모들을 위해 ・・・

평소 아이에게 너무 많이 고함을 치거나 냉장고 문을 열고 그 안에서 조용히 비명을 지르는 부모. 남은 인내심이 전혀 없고, 아이와 소꿉놀이하는 걸 두려워하며, 술 생각이 자주 나거나 실제로 술을 많이 마시는 부모. 학교에 동의서 보내는 걸 잊어버리고 저녁 식사로 냉동식품을 내놓는(오늘도 또!) 부모. 도서관에서 빌린 책들을 기한이 한참 지나도록 반납하지 않고, 비스킷 같은 뇌물이 없으면 어찌할 바를 모르는 부모. 때때로 아이 돌보는 게 너무 지루해서 자기 휴대 전화만 들여다보는 부모. 그리고 가끔은 탈출을 꿈꾸기도 하지만, 집 이외의 다른 장소에서는 행복을 느끼지 못하는 부모.

이 책은 그럴 필요가 없는데도 가끔, 자주, 혹은 항상 자기 자신에게 회의를 느끼는 부모를 위한 책이다. 왜냐하면 우리에게 가장 중요한 이들에게 우리는 '세상의 전부'이며, 그들은 이 세상 그 누구보다 우리를 사랑하기 때문이다.

나한테, 엄마는 완벽해요.

# #
경고 혹은 이 책의 요점

내 이름은 케이티고 이건 내 책이지만, 나는 서문을 쓰는 게 싫다. 사람들은 대부분 서문을 읽으면서 민망해하기 때문이다. 하지만 부디 인내심을 갖고 참아준다면 조금은 나아지지 않을까 싶다.

내 가족을 소개한다······.

나(케이티)

J(남편)

큰아들

작은아들

미안하다. 사실 방금 보여준 그림은 사람들에게 우리 가족이 잘 살고 있다는 인상을 주기 위해 평소에 컴퓨터 화면보호기로 사용하는 것이다. 그보다는 다음 그림이 좀 더 현실적인 모습을 반영했다고 볼 수 있다.

우리 가족은 (하나부터 열까지) 문제가 많고, (평소에는) 꽤 행복하다고 말할 수 있지만 (때로는) 서로를 열받게 한다. 뭐 인생이 원래 다 그런 것 아니겠는가.

큰아들은 지금 만으로 여섯 살이고 작은아들은 세 살인데, 이 책은 우리 가족이 거쳐온 여정을 소개하는 것이니 대부분은 아이들이 태어나서 유아기를 거칠 무렵의 이야기다. 이 책에서는 아이를 잘 키우는 법을 이야기하려는 게 아니라(사실 나는 그런 방법을 모른다) 우리 가족의 이야기를 여러분과 나누면, '나만 이렇게 엉망진창으로 살고 있는 건가' 하는 자괴감을 덜 수 있지 않을까 해서 쓴 것이다.

나는 아이들을 사랑한다. 온 마음을 다해 정말 사랑하지만, 작은아들이 재미 삼아 시리얼 한 통을 전부 바닥에 흩뿌리거나 큰아들에게 제발 신발 좀 신으라고 137번이나 말했는데도 여전히 양말만 신은 채 느긋하게 돌아다닐 때는 미칠 듯이 짜증이 나기도 한다.

물론 그렇다고 해서 아이들을 사랑하는 마음이 줄어드는 건 아니다. 그저 조금 더 술을 마시고 싶을 뿐이다.

아, 그리고 여기서 미리 경고를 좀 해둬야겠다······.

이 책에는 비꼬는 표현이 다수 포함되어 있음!

이런 경고문을 미리 달아둬야 하는 게 탐탁지는 않지만, 세상에는 농담을 알아듣지 못하거나 별로 중요하지 않은 일에도 꼬투리를 잡아 화내는 사람이 많으니 어쩔 수 없다.

아이들이 하늘의 선물이라는 건 누구나 아는 일 아닌가! 다만 여러분을 깜짝 놀라게 해주려고 온 가족이 돈을 모아서 산 매우 값비싼 선물 같은 존재라는 게 문제다. 별로 마음에 들지는 않지만 선물이니까 어쩔 수 없이 날마다 사람들 앞에서 착용해야 하는, 지나치게 요란한 장식이 달린 팔찌랄까.(이것도 물론 비꼬아서 표현한 것이다)

무릎에 놓인 선물의 포장지를 풀었는데 다들 기대에 찬 얼굴로 여러분의 반응을 기다리고 있다면, 이렇게 말하는 수밖에 도리가 없지 않은가······.

······ 금요일 저녁에 칵테일 바에 갈 때마다 즐겨 입는 하늘하늘한 상의와 전혀 어울리지 않는다는 걸 알면서도 말이다. 당장 선물을 착용해봐야 하는 것은 물론이고, 혹시 선물을 받고도 고마워할 줄 모르는 인간으로 여겨질까 봐 절대로 뺄 수 없다.
게다가 교환할 수 있는 영수증도 물론 없다.

어느 날 친구와 함께 점심을 먹으러 가서 와인을 두어 잔 마신 뒤에 이렇게 말할 수도 있다. "가끔은 이 팔찌를 볼 때마다 미치겠어!" 그러면 친구는 충격을 받는 게 아니라 다 이해한다는 듯 미소 지으며 자기

옷소매를 걷어 올린다. 보니까 그녀도 아주 비슷한 팔찌를 끼고 있다. 갑자기 두 사람은 날마다 이런 팔찌를 차고 다니는 게 정말 짜증 나는 일이며, 손목에서 느껴지는 무게 때문에 기분도 우울해지고, 가끔은 다른 사람이 팔찌를 보고는 고개를 내저으며 한숨까지 쉰다면서 열변을 토하기 시작한다.(참고로 말하자면, 여러분 자신의 팔찌에 대해 경멸조로 말하는 건 괜찮으나, 다른 사람의 팔찌를 보고 그렇게 행동하는 건 절대 안 될 일이다)

식당 안을 둘러보면 자기가 고른 옷과 팔찌를 어울리게 하려고 애쓰는

사람들이 많이 보인다. 어떤 이들은 여러분보다 더 이상한 팔찌를 차고 있어서 우스꽝스러워 보이기도 하지만, 그래도 여전히 웃고들 있다. 그러니 여러분도 웃게 된다. 그리고 자기가 정상이라고 느끼기 시작한다.

그 팔찌는 조잡하고, 시끄러우며, 색도 너무 밝지만 그래도 결국 여러분에게 어울리기 시작할 수도 있다. 그리고 적절한 각도에서 햇빛이 비치면 지금까지 본 보석 중에 가장 아름다운 보석처럼 느껴지기도 한다. 공원에 갔다가 혹시 팔찌가 손목에서 빠지기라도 하면, 잊어버릴지도 모른다는 두려움에 사로잡힌다. 그건 여러분을 위해 특별히 고르고, 애정을 듬뿍 담아 전달한 선물이기 때문에, 만약 그게 없어지면 팔이 얼마나 허전하고 텅 빈 것처럼 느껴질지 깨닫게 될 것이다.

추신 내 이야기를 여러분이 제대로 이해했는지 확인해보자······. 위의 글에서 아기가 생기는 걸 생일에 받은 흉물스러운 팔찌 선물과 비교했다. 이런 걸 비유라고 한다. 친절한 설명에 뭐 그렇게 고마워할 것까지는 없다.

추추신 이 책에는 상소리가 자주 등장한다. 미리 사과하겠지만, 가끔은 욕을 내뱉는 게 중요하고, 현명하며, 또 재미도 있다는 걸 다들 알 것이다.

추추추신 아이를 이베이에서 판매하는 건 도덕적으로 잘못된 일일 뿐만 아니라 불법이기도 하다.

# #
배 속에서 생명이 자란다!

세상에는 두 가지 유형의 임신부가 있다. 내가 그 차이를 보여주는 매우 과학적인 그림을 준비했다. 그림의 A타입은 짜증 날 정도로 건강한 임신부의 모습을 보여주는 반면, B타입 임신부는 금방이라도 쓰러져서 죽을 것 같은 모습을 하고 있다.

나? 나는 B타입이었다.(야호)

심지어 지금도 "어머, 난 입덧 같은 건 전혀 없었어요"라고 하는 사람을 만나면, 조용히 그 사람 볼을 잡고 "그거 정말 다행이네요!"라고 말하면서 세게 꼬집어주고 싶은 기분이 들 정도다.

나는 통증보다 메스꺼움을 더 못 참는 사람인데, 입덧Morning Sickness은 사실 이름과 다르게 아침에만 나타나는 증상이 아니라 온종일 끊임없이 사람을 괴롭히면서 진을 다 빼놓는다는 걸 금세 알게 되었다.

내가 입덧으로 고생하는 부류에 속하긴 했지만, 실제로 구토가 심하지는 않았다. 계속 구역질하면서도 먹은 걸 토하지는 않는 것이다. 상당히 난감한 상황이었다. 실제로 구토를 하지 않는다면 몇 분마다 한 번씩 화장실로 달려갈 필요가 없기 때문이다. 하지만 다른 사람들 앞에서 헛구역질하는 게 그리 매력적인 일은 아니지 않은가. 그래서 임신 초기에는 가구 뒤편이나 적절한 장소에 배치된 화분 뒤에 숨어 있는 내 모습을 사람들에게 자주 들키곤 했다.

메스꺼운 속을 다스릴 수 있는 유일한 방법은 먹고, 먹고, 또 먹는 것뿐이었다. 배가 좀 고픈가 하는 수준도 용납할 수 없었다. 그랬다가는 바로 욕지기가 치밀어 오르기 때문이다. 그래서 주머니에 항상 달콤한 과자와 비스킷을 잔뜩 갖고 다니다가 보는 사람이 아무도 없을 때만 입에 쑤셔 넣었다. 누군가 갈수록 변덕스러워지는 내 행동을 뚫어지게 쳐다보지 않을까 걱정했기 때문이다. 시체 같은 안색을 하고 나무 뒤에 숨어서 계속 뭔가를 먹어대는 인간이라니, 누가 봐도 수상쩍지 않겠느냔 말이다.

상황이 이런데 대체 어떻게 임신한 사실을 비밀로 할 수 있단 말인가?! 내가 또 한 번 끔찍한 기분을 느꼈던 건 다른 사람들과 어울리는 자리에서였다. 임신 중에는 술을 마시면 안 되기 때문이다. 물론 평소에도 먼 거리를 갈 때만 차를 타거나 건강한 생활 습관을 유지하는 사람이라면 아무런 문제가 없을 것이다. 하지만 본인이 더는 팔팔한 나이가 아니라는 걸 까맣게 잊은 채 일행들에게 예거밤^{Jagerbombs}(예거

마이스터라는 리큐르와 에너지 드링크를 섞은 독한 칵테일–옮긴이)을 한 잔씩 돌리면서 노래방에 가서 밤새도록 놀자고 제안하는 사람이라면 어떻겠는가.

뭐, 내가 그랬다는 이야기는 아니지만, 가능성 있는 이야기이긴 하다.

여러분이 남 보기 부끄러운 수준의 술주정뱅이라면(나는 '인생을 즐길 줄 아는 사람'이라고 부르지만) 남들 눈을 속이는 게 좀 더 힘들겠지만, 그렇다고 아예 불가능한 건 아니다. 나는 임신 초기에 서른 번째 생일을 맞았는데, 믿음직한 친구가 도와준 덕분에 아무도 내가 임신한 걸 눈치채지 못했다. 잔을 바꿔치기하거나, 크랜베리 주스를 보드카가 든 칵테일인 척했고, 화장실에 가서 술을 버릴 수도 있었다. 신성 모독에 가까운 행동이라는 건 알지만 당시에는 필사적이었으니 이해해주길 바란다······.

그런데 솔직히 말해서 사람들에게 임신한 사실을 밝히더라도 술집에 가는 게 쉬워지지는 않는다……

어쨌든 이런 과정을 거치는 사이에 임신 초기는 전반적으로 끔찍한 시기라는 사실을 알게 되었다.(물론 새로운 생명을 키운다는 신비로운 느낌은 제외하고) 임신 관련 서적을 보면 이 시기에 체중이 1~2킬로그램 정도 증가한다고 하는데, 나는 항상 앉은 자리에서 비스킷 한 봉지를 다 먹어치우는 저력을 과시한 덕에 팔다리가 달린 걸어 다니는 두루마리 화장지 같은 꼴이 되고 말았다.

원통형 몸매로 진화하는 단계

이때쯤 임신부라는 티가 나도록 귀엽게 튀어나온 작은 배를 보여줄 수 있다면 참 좋았겠지만 아직 그러지 못했던 관계로, 사람들이 과연 저 여자가 조금이라도 걸을 수 있을까 궁금해하면서 재미있다는 시선으로 쳐다보는 걸 꾹 참아야 했다. 하지만 이렇게 참다 보면 어느 순간, 평소에는 늘 데이터에 얼굴을 박고 있다가 여러분이 지나갈 때만 고개를 들고 빤히 쳐다보는 회계팀 직원에게, "난 임신 중이라고, 이 멍청이야!"라고 소리 지르는 자신을 발견하게 될지도 모른다.

몸에 끼는 청바지 허리를 늘려 입기 위해 동원했던 헤어밴드도 도움이 안 되는 순간이 찾아오면, 드디어 임부복 구매라는 흥미로운 영역으로 진입하게 된다. 물론 지금의 추한 몰골을 아주 약간 가려줄까 말까 하는, 마음에 들지 않는 옷가지를 사려고 엄청난 돈을 내는 걸 흥미롭다고 할 수 있다면 말이다.

다행인 건 이제 입덧이 가라앉을 기미가 보이고 피로감도 좀 사라진다는 거다.(임신 5주 차부터 40주 차까지 계속 입덧을 한 우리 언니 캐롤라인처럼 불운한 사람의 경우는 예외다) 어쨌든 나는 이 시기에는 상황이 조금 괜찮았던 것으로 기억한다! 조금씩 들뜨는 감정과 약한 발길질, 작게 부풀어 오른 배. 그리고 얼굴에는 작은 미소가 떠올라 계속 사라지지 않았다.

그 빛, 사람들이 자주 말하던 임신부가 내뿜는 그 신비로운 빛을 거울 속 내 얼굴에서도 볼 수 있을까. 그리고 죽은 사람 같은 안색을 가리기 위해 마구 발라대던 색조 화장품을 조금 줄여도 괜찮을까.

물론 괜찮다!

하지만 이런 시간은 겨우 사흘뿐이고, 그때부터는 점점 어떤 바다짐승을 닮아가기 시작했다.

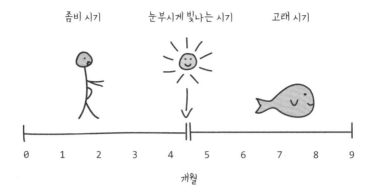

좀비 시기   눈부시게 빛나는 시기   고래 시기

0   1   2   3   4   5   6   7   8   9

개월

고래 시기에는 아기가 하루가 다르게 커지기 때문에, 작고 귀엽게 꿈틀 거리던 움직임이 어느새 복부 전체에서 아기 팔다리가 눈에 띄게 왔다 갔다 하는 모습으로 바뀐다. 이런 모습을 보면 놀라야 하는 걸까, 아니면 무서워해야 하는 걸까. 정말 헷갈린다.

그리고 계속 소변을 봐야 한다. 하루의 모든 일과를 소변보는 시간에 맞춰서 짜야 할 정도다.

또 다른 사람들과 똑같은 대화를 수도 없이 나누게 된다.

아들인지 딸인지 알아요? 아니요.

아기 이름은 정했어요? 아니요.

준비는 다 됐어요? 모르겠어요.

이렇게 질문하는 사람들을 비난하려는 건 아니다. 다들 관심이 있으니 묻는 게 아니겠는가. 사실 나도 임신한 친구를 만날 때면 내가 그녀의 임신에 얼마나 큰 관심을 갖고 있는지 보여주기 위해 이런 질문을 연달아서 던지곤 했다.

사람들은 또 "지금 푹 쉬어둬. 아기가 태어나면 쉴 시간도 없을 테니까!" 같은 말을 하면서 웃기도 한다. 그들이 하고 싶은 말은 "그래도 아직은 아기가 없지?"다. 여러분의 바로 앞에서, 배가 부풀 대로 부푼 완벽한 임신 상태일 때 말이다.

주변 사람들이 가장 자주 하는 말은 "와, 배가 정말 많이 나왔네" 또는 "정말 작네!"다. 임신 주 수가 꽉 찬 사람이 듣기에 그게 얼마나 무서운 말인지는 전혀 고려하지 않는다.

이런 사람들도 뺨을 세게 꼬집어줘야 한다.

허락도 없이 배를 만지는 사람은 정강이를 걷어차 줘야 한다.

임신 기간이 끝나가면 갑자기 노인처럼 발을 끌면서 걷기 시작한다. 신발도 신을 수 없게 된다. 뭘 하든지 다 아프다. 아랫도리가 보이지 않는 상태에서 무턱대고 음모를 다듬으려고 해도, 아래가 얼마나 엉망인지 알 수 없고 신경 쓸 여력도 없다.

마지막 몇 주는 소파에 나른하게 누워 벽과 천장을 쳐다보거나, 소시

지처럼 부풀어 오른 다리를 보면서 울거나, 병에 든 소화제가 술이라도 되는 양 벌컥벌컥 마시면서 지내는 게 최고다.(오, 술이여! 널 다시 볼 날이 머지 않았다!)

또 절대 하지 않겠다고 맹세했던 '둥지 짓기' 같은 일을 하게 될 것이다. 이는 괜찮은 소일거리지만 한편으로는 사람을 분노에 가득 차게 만든다. 예를 들면, 이유는 알 수 없지만 갑자기 거실 벽 색깔 때문에 남편을 죽이고 싶어지는 것이다.

그래도 너무 조바심을 내진 말자. 이렇게 말도 안 되게 불합리한 행동을 하는 건 만삭인 여러분의 기본적인 권리니까.

이 카펫도 싫고, 다른 사람도 다 싫고,
당신이 재채기할 때 내는 이상한 소리도 싫어!!

또 마트가 전부 문을 닫은 크리스마스 연휴에 느끼는 이상한 공황 상태에 빠지기도 한다. 물론 여러분이 임신 중일 때는 상점들이 전부 문을 닫지 않겠지만, 새벽 3시 37분에 아기 욕조 온도계가 급히 필요할 수도 있으니 아기용품 목록에 실린 물건은 하나도 빠짐없이 사둬야 할 것 같은 기분이 들기도 할 것이다. 주위 사람들은 그런 게 다 필요하지는 않다고 말하지만, 그 말을 믿을 수가 없다. 그러다가 겨우 1년 정도 지난 뒤에 자기가 모아놓은 엄청난 양의 쓰레기 같은 물건들을 보면, 그동안 얼마나 미친 짓을 한 건지 깨닫게 된다.

출산 전 마지막 며칠은 사람들이 보낸 선의의 메시지에 수동적 · 공격적으로 답하면서 보낸다. 상대방의 기분이 상하지 않도록 마지막에 윙크 이모티콘을 추가하는 걸 기억하기만 한다면 무슨 소리를 해도 괜찮다.

또 하나 주의해야 할 점은 자연 분만을 유도하는 방법을 많이 쓸수록 아기가 세상에 나오기까지 걸리는 시간이 길어진다는 것이다.

고약한 냄새가 나는 라즈베리 잎차를 한 컵 마실 때마다 출산일이 이틀씩 늦춰진다. 진짜다.

다음에 또 임신하게 되면, 물론 다시 임신할 수 있을 만큼 운도 좋고 용감하다면 말이지만, 사람들이 나에게 별로 신경 쓰지 않는다는 사실을 깨닫게 될지도 모른다.

이미 상냥한 배려는 받을 만큼 받았으니, 두 번째 임신은 모두에게 지겨울 뿐이다. 아무도 짐을 대신 들어주겠다고 하지 않고, 휴식 시간도 따로 없다. 이미 집 안에 아장아장 걸어 다니는 아이가 있다면 출산 휴가를 받는 건 어리석은 짓이 될 것이다.

임신과 관련된 불평과 한탄 목록은 끝없이 계속 이어서 말할 수 있다. 입덧을 하고, 술도 못 마시고, 잠도 못 자고, 평소에 입던 옷도 못 입고, 계속 걱정만 들고, 끊임없이 화장실에 가고······.

하지만 나는 그 모든 걸 열 번은 더 견딜 수 있다. 왜냐하면 임신은 진정한 특권이기 때문이다.

우리가 생명을 창조했어.

그리고 세상에 그보다 더 큰 마법은 존재하지 않는다.

# #
때로는 이별을 겪어야 할 때도 있다

임신한 여성이나 완벽해 보이는 핵가족을 보면 '와, 다 가진 사람이 네!'라고 생각하기 쉽다. 특히 아이를 간절히 원하지만 가질 수 없는 사람이라면, 주변에 있는 사람은 모두 본인이 놓친 걸 가지고 있다고 느 낄지도 모른다.

하지만 여러분은 그들이 지금의 모습에 도달하기까지의 여정은 보지 못했다. 수년 동안의 불임 치료, 시험관 아기 시술 실패, 유산, 미숙아 사망 등의 과정은 겉으로 봐서는 모를 일이다. 운이 좋은 사람은 이런 일을 하나도 경험하지 않을 테지만, 최악의 경우 이걸 전부 겪는 커플도 있다.

하지만 그런 이야기는 드러내놓고 하지 않기 때문에 알 길이 없다. 혹은 이야기하더라도 곧바로 숨기려고 하므로 나를 비롯한 모든 사람은 그런 슬픈 일을 이야기해야 하는 데 어색함을 느끼기 마련이다. 그래서 심각한 화제가 나오면 다들 차나 한잔하면서 그걸 '흔한 일'로 치부해버리려고 한다.

혹시 유산한 친구가 그 이야기를 하다가 '그런 일은 늘 있기 마련'이라면서 재빨리 화제를 바꾼 적이 있는가. 친구의 눈에 눈물이 맺히기 시작하고 어떻게든 여러분과 눈을 맞추려고 애쓰는 모습을 볼 수 있을 것이다. 유산할 당시 임신 기간이나, 아기의 크기는 상관없다. 어쨌든 그건 하나의 생명이었고, 그 생명을 맞이하면서 크나큰 기쁨과 흥분, 가능성을 느꼈는데 갑자기 그게 모두 사라진 것 아닌가. 그런데 그걸 흔하디흔한 감기처럼 치부하면서 빨리 낫고 극복하라고, 누구나 다 겪는 일이라고 말하다니! 유산 문제에서만큼은 해열진통제 두어 알이 즉효 약이 될 수는 없다.

그런 일은 늘 있기 마련이야.

그렇다고 상처받으면 안 된다는 뜻은 아니야.

몇 년 뒤에 다행히 이 커플에게 한 명 혹은 여러 명의 아이가 생기더라도 여전히 자기들이 겪은 일을 언급하면 안 된다고 느낄 수도 있다. 어쨌든 자신들은 꿈을 이룬 셈이니까 말이다. 하지만 그때의 상실감은 아마 계속될 것이다.

우리 모두 알다시피 부모 대부분은 지금의 위치(부디 행복한 곳이길)에 이르기까지 개인적인 고충들을 겪었다. 이는 우리 부부도 마찬가지다.

다만 임신하려고 애쓰는 과정에 따르는 심적 고통에 관해서는 이야기할 수가 없다. 나는 그런 과정을 겪지 않았기 때문이다. 하지만 여러 가지 면을 생각할 때, 생겼던 아이를 잃는 것보다 아예 생기지도 않는 게 더 힘들지도 모르겠다고 상상할 수 있을 뿐이다.

내가 처음 임신했을 때는 놀라기도 하고 '우리가 과연 이 일을 해낼 수 있을지' 두렵기도 했지만, 어쨌든 매우 신이 났다.

온종일 입덧에 시달리는 참혹한 몇 달을 보낸 뒤, 마침내 처음으로 초음파 검사를 하는 순간이 찾아왔다. 나도 초음파 검사를 고대하는 엄마 중 하나였다고 말하고 싶지만, 사실 그렇지 못했다. 인터넷 검색을 하면서 끔찍한 이야기들을 많이 봤기 때문에 계류 유산 가능성에 잔뜩 겁을 먹었다. 그래서 스크린을 통해 심장이 팔딱거리며 뛰는 아기의 모습을 보고 내가, 우리 부부가 얼마나 안심했는지 모른다. 초음파 검사 담당자가 "건강하고 튼튼하다"라고 말했을 때야 비로소 완전히 긴장을 풀고 침상에 누울 수 있었다.

심장이 뛴다! 아기 얼굴과 손발도 볼 수 있었다. 모든 게 완벽했다. 우리는 운 좋은 이들 중 하나였다.

하지만 초음파 검사 담당자는 다음 순서로 넘어가서 작디작은 태아의 신체 부위 여기저기를 가리키는 대신 갑자기 침묵을 지켰다. 난 그 침묵이 마음에 들지 않았다. 분위기가 바뀌는 게 심상치 않았지만, 그래도 심장이 뛰고 있으니 괜찮다고 생각했다. 그것만 확인되면 다른 건 상관없는 것 아닌가.

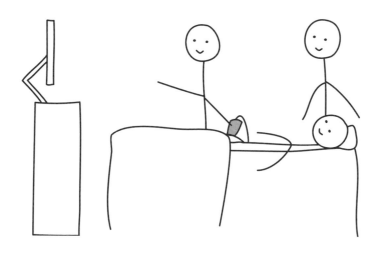

하지만 그렇지 않다는 게 밝혀졌다.

상황이 명확하지 않아서 다른 의사를 불러왔고, 또다시 침묵이 흘렀으며, 아무도 제대로 된 대답을 해주지 않는 상태에서 우리는 더 많은 검사를 받았다. 그리고 "상황이 그다지 희망적이지 않네요"라는 말을 들었다.

검사실에서 나와 20분 전의 우리와 같은 모습으로 순서를 기다리고 있는 커플로 가득한 대기실을 들여다보니 초조하면서도 들뜬 기분이 들었다. 나는 완벽해 보이지만 완벽하지 않은 우리 아기 사진을 움켜쥐고 있었다.

좋은 소식을 전하는 전화는 오지 않고, 슬픈 소식만 들려왔다. 내가 머릿속으로 작성한 문자 메시지는 영영 전송할 수 없었다. 가게에 가서 작은 내리닫이 잠옷이나 작명용 책, 작은 양말을 사지도 않았다. 대신 기나긴 기다림이 이어졌다. 많은 눈물과 많은 검사. 아무것도 확실한 게 없는 상태로 끔찍한 몇 주를 보냈지만, 결국 우리 아기는 생존할 가능성이 거의 없고 아직 심장이 뛰는 것 자체가 놀라운 일이라는 말을 들었다.

나는 내 심장이 어떻게 계속 뛸 수 있는지 의아했다.

우리는 아기와 작별하는 쪽을 선택했다.(이걸 선택이라고 부를 수 있다면) 우리 같은 상황에 놓인 이들 중에는 나보다 용감한 이도 있었다. 그들은 기적을 바라며 계속 그 상태를 이어갔지만 난 그렇게 강하지 못했다. 그때의 결정을 후회하지는 않으나 항상 죄책감과 의문이 들기는 한다. 신문에서 의사의 예상을 깨고 100만분의 1의 확률로 살아남은 아기에 관한 기사를 읽었을 때는 심장이 칼로 찢기는 듯했다. 그건 이토록 오랜 세월이 흐른 지금도 마찬가지다.

어떤 아기들은 자연적으로 유산되기도 하지만, 어떤 부모들은 생명을 위협하는 진단이나 장애 앞에서 고통스러운 결정을 내려야 한다. 나는

아기를 포기하기로 결정한 부모들을 존중하는 것처럼 낳아서 기르기로 한 부모들도 정말 존경한다. 그리고 어떤 상황에서든 여성의 선택권을 늘 지지할 것이다. 쉬운 탈출구란 이 세상에 존재하지 않는다.

사람들은 매우 다양한 방법으로 슬픔에 대처한다. 나는 내가 겪는 슬픔에 겁을 먹었고, 우리가 그런 운명을 맞은 게 두려웠다. 내가 앞으로 나아가고자 할 때 필요한 건 다시 임신하는 일이었고, 몇 달 뒤에 실제로 다시 아기가 들어섰다.

두 차례의 임신 기간에 받은 후속 검사들은 무섭지만 견디고 극복해야 하는 일이었기 때문에 정말 두려운 마음으로 임했다. 나는 무슨 검사를 받든 끝날 때까지 스크린을 쳐다보지도 않았다.

하지만 그런 과정을 두 번 더 겪은 끝에 사랑스러운 아들들을 얻는 축복을 받았다. 나는 늘 원하던 가족을 갖게 되었고, 남들이 보기에는 우리가 다 가진 가족처럼 보일지도 모른다. 하지만 우리 삶에서 잃어버린 작은 별이 늘 그곳에 존재한다.(다른 사람들은 보지 못하는) 우리는 그 아이를 에비라고 부르며, 지금 이곳에 우리와 함께 있기를 간절히 바란다.

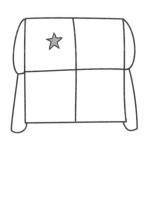

# #
작은 인간 생산

으, 토할 것 같은 내 인생!

출산의 기적

임신에 따르는 또 하나의 불행한 부작용은 출산이다. 21세기에는 의학이 발달해서 출산이 조금은 편해졌으리라 생각할지도 모르지만, 안타깝게도 그렇지 않다. 작은 인간은 여전히 질을 통해 나와야 하므로 아래로 나오는 과정에서 질이 파열될 가능성이 크다.

물론 제왕절개수술을 하는 방법도 있는데 어떤 사람들은 그걸 '속임수'

라고 말하기도 한다. 하지만 나는 절대 이런 심각한 복부 수술을 수학 시험을 볼 때 다른 사람 어깨너머로 답안지를 들여다보는 행위와 비슷한 수준이라고 생각할 수는 없다.

어떤 방법을 쓰든 아기는 밖으로 나올 텐데 둘 다 그렇게 아름다운 방법은 아니다.

조산사들은 이 과정을 어느 정도 통제할 수 있게 해주려고 임신부들에게 출산 계획을 세우라고 한다. 어떤 사람은 곰곰이 오랫동안 고민하고, 어떤 사람은 케이크를 퍼먹으면서 그런 일은 영영 일어나지 않을 것처럼 군다. 누구는 임박한 출산을 중시하고 누구는 초콜릿 에클레어를 더 중시한다. 여기에 정해진 정답 같은 건 없다.

나도 몇 차례 독촉을 받은 뒤에 마침내 내 예방 접종 증명서 뒷면에 짧은 문장 두 줄을 적어놓기로 했다······.

1. 아기를 안전하게 꺼낼 것.

2. 약물을 사용할 것.

사실 당시에는 별로 신경 쓰지 않았다. 그저 아기의 첫울음을 듣고, 아기가 괜찮다는 사실을 확인하면 그만이었다. 그 밖에는 모두 진행되는 과정에 따라 결정할 수 있다.

어쨌든 이것만은 말해두겠는데, 나는 아기를 낳는 게 겁나지 않았고 출산을 정말 고대하고 있었다. 나는 언제나 자신의 통증 역치가 매우 높다고 생각했기 때문에 아기를 낳는 게 어떤 느낌일지 흥미롭기까지 했다.(이제는 안다!)

많은 사람이 긍정적인 이야기를 들려줬지만, 지금 와서 생각해보니 그들 모두가 진실을 말한 건 아니라는 생각이 든다.

그래서 이쯤에서 내가 최초로 엄마가 된 과정을 써야겠다고 생각했다. 왜냐하면 다들 멋진 출산 경험담을 당연히 듣고 싶어라 하니까 말이다!(내용이 간단명료하기만 하다면)

다음은 우리 부부가 큰아들을 만나게 된 과정이다······.

오전 7시─ 잠에서 깨서 양수가 터졌단 사실을 깨달았다. 그리고 약한 진통이 느껴졌다.

오전 9시─ 예약해둔 조산사를 만나러 갔다. 조산사는 날 검사해보지도 않은 채 소변을 지린 거라고 우겼다. 나는 소변의 형태와 냄새가 어떤지 아는데 이건 그것과 다르므로 소변을 지린 게 아니라고 주장했다. "소변이에요!"라고 그녀가 말했다. 그건 소변이 아니었다. 그녀는 또 아기 위치가 아직 매우 높은 걸 보면 내 진통은 간헐적인 자궁 수축이며 아기를 낳기에는 너무 이르다고 확신했다.(그날은 내 공식적인 출산 예정일을 겨우 나흘 앞둔 날이었다)

오전 9시 30분─ 집에 돌아가서 남편 J에게, 조산사가 내게 실금 문제가 있는 것뿐이고 걱정할 건 아무것도 없다고 했으니까 그냥 출근하

041

라고 했다. J는 조산사가 멍청하다고 생각했기 때문에 회사에 가지 않고 집에 머물렀다.

오전 10시 이후— 맥아 빵을 먹고, 진통 간격을 측정하고, 텔레비전을 보면서 시간을 보냈다. 온종일 진통이 이어지면서 시간이 갈수록 심해졌다.

오후 7시— 병원에 전화를 걸었다가 진통 때문에 수화기를 내려놔야 했다. 병원에서는 아직 진통이 별로 심하지 않은 것 같으니 죽어가는 느낌이 들기 전까지는 병원에 오지 말라고 했다.(어쩌면 '죽어가는'이라는 표현은 쓰지 않았을지도 모르지만 대충 비슷한 말이었다)

오후 8시— 뜨거운 목욕과 진통제로 자가 치료를 했다.

오후 10시— 병원에 전화해서 곧 죽을 것 같다고 말했다. 그들은 병원에 와도 좋지만 다시 집에 돌려보낼 수도 있다고 했다. 우리는 위험을 감수하기로 했다.

오후 10시 30분— 병원에서는 분만실에 들어가기에는 너무 이르다고 했

042

지만 그래도 돌려보내지 않고 병원에 있게는 해줬다. 또 진통제를 처방하기에도 너무 이르다고 했다. 망할.

오후 10시 45분에서 오전 3시— 참혹한 시간. 누가 시뻘겋게 달아오른 부지깽이를 내 엉덩이에 쑤셔 넣고 내장 전체를 중세식으로 고문하는 느낌이었다. J가 하는 모든 말과 행동에 그를 죽이고 싶다는 충동이 일었다.

오전 3시 15분— 마침내 누군가가 와서 날 다시 검사했다. 이제 자궁

이 7센티미터 열렸으니 분만실로 가서 진통제를 맞아도 된다고 했다. 그리고 목욕하고 싶으냐고 물었다. 목욕이라니?! 절대 싫다! 내가 원하는 건 하반신 마취제뿐이고, 그것도 지금 당장 필요했다. 제발요.

오전 4시— 하반신 마취제를 맞았다. 이건 인류 최고의 발명품이다. 완전히 무감각해지면서 찾아오는 달콤한 안도감은 세계 최고의 (무)감각이다.

오전 5시— 브라이턴 피어Brighton Pier 너머로 해가 뜨는 모습을 봤다. 인생은 멋지다.

오전 7시 이후— 빌어먹을. 아기들은 태어나기까지 시간이 엄청나게 오래 걸린다! 24시간이 지났는데 우리는 아직도 기다리고 있다.

오후 12시— 힘줘야 할 시간이다! 아직도 엄청난 통증이 느껴지고 거의 30시간 가까이 깨어 있는 상태라서 말 그대로 진통과 진통 사이에 깜빡 잠이 들 정도였다.

044

오후 12시 35분- 아기도 많이 지치기 시작했다. 심장 박동 수가 떨어지고 있어서 최대한 빨리 나와야 했다. 응급 상황이다. 사람이 많다. 나에게는 회음부 절개와 흡반 출산이 필요하다고 한다. 우리는 갑자기 아기와 곧 대면하는 상황이 되었다. 나는 준비가 되었는지 잘 모르겠는데! 내가 아기를 사랑하지 않으면 어떡하지? 아기 얼굴이 웃기게 생겼으면 어쩌지?

오후 12시 45분- 한 번 세게 끌어당기자 우리 아기가 태어났다. 이제 '그것'이 아니라 그 아이다! 우리 아들. 아들은 여기 있고 아주 에쁘디. 눈 한쪽이 완전히 떠지지 않아서 혹시 뭔가 잘못된 건 아닐까 걱정했지만, 조산사가 말하길 약간 짓눌려서 그런 것뿐이라고 했다.(하지만 지금도 자세히 살펴보면 한쪽 눈이 다른 쪽 눈보다 약간 더 감겨 있다)

우리는 아기를 본 순간부터 불안정한 눈과 다른 모든 걸 포함해서 그 아이를 사랑하게 되었다. 그 순간 내 몸에 차오르던 안도감을 말로는 설명할 수가 없다. 나는 내가 엄마가 된다고 완전히 믿지 않았나 보다. 내 아기를 안전하게 품에 안는 것은 내가 감히 상상해보지 못한 일이었다.

그 감정을 병에 담아 보관할 수 있다면 얼마나 좋을까. 갑자기 놀랍고, 행복하고, 무섭고, 비현실적인 느낌이 한꺼번에 몰려오던 그때의 감정을. 그래서 나는 현재의 우리 가족이 '완성형'이라고 말하는 게 주저되

곤 한다. 엄청난 고통에도 불구하고 출산은 중독성 있는 경험이다.(물론 뇌
의 분별 있는 쪽에 자리 잡은 자아는 그 과정이 이미 끝났다고 말하지만)

행복한 기분으로 출산 과정을 마치고 얼른 새 가족과 집으로 돌아가고
싶었지만, 안타깝게도 우리는 며칠 동안 병원에 갇혀 지내야 했다.
모유 수유는 내게 불가능한 일처럼 느껴졌고, 하반신 마취제에 딸려 있
던 카테터를 제거한 뒤에는 소변을 볼 수가 없어서 결국 카테터를 다
시 삽입해야 했다.(안타깝게도 하반신 마취제에도 단점이 있다)
난 비참한 모습이었다. 뭘 하든 다 아파서 내내 울었다. 고통스러운 수
유 시간이 끝없이 이어져서 울고, 어디를 가든 소변 주머니를 끌고 다녀
야 하는 게 싫어서 울었다.

또 며칠 동안 잠을 자지 못해서 울기도 했다. 간호사들이 날 불쌍히 여겨 일인실로 옮겨주고 액체 모르핀(작은 유리병에 든 주사액)을 놔줬다. 그리고 내가 좀 쉴 수 있도록 아들을 데리고 나갔다. 잠시 뒤 나는 구름 속을 활보하는 곰 인형 같은 기분을 느끼면서 침대에 푹 파묻혀 내 인생 최고의 숙면을 했다.

네가 원하는 건
뭐든지 될 수 있어!

그러다가 결국 다시 지상으로 내려왔다. 마침내 혼자 소변을 볼 수 있게 되었고, 퇴원 허락도 받았다. 집에서 아기를 돌보는 문제로 넘어가기 전에, 둘째 아들을 낳을 때는 첫째 때와 상황이 완전히 달랐다는 이야기 먼저 해야 하겠다.

둘째를 출산하기 전에는 좀 더 만반의 준비를 해야겠다고 판단했다.

그래서 통증 관리 책을 사서 호흡 연습을 했더니 이게 정말 도움이 되었다. 하지만 무엇보다 큰 도움을 받은 건 출산 과정이 훨씬 빠르게 진행되었다는 것이다······.

오전 7시— 진통 때문에 잠을 깼는데, J에게 시간이 오래 걸릴 거라고 장담하자 그는 출근했다. 아기가 지금 나와서는 안 된다. 뿌리 염색을 하려고 미용실을 예약해둔 게 무엇보다 중요하기 때문이다.

오전 11시— 염색을 했다. 미용사와 잡담을 하는 도중에 불편한 느낌이 점점 더 심해졌다. 입술을 깨물고 참았다. 소동을 일으키고 싶지는 않았다. 어쨌든 난 영국인이니까.

오후 2시− 집에 오는 길에 세인즈버리 슈퍼마켓에 들러서 맥아 빵을 샀다. 첫 아이를 낳을 때도 먹었던 음식이라, 행운을 비는 의미에서 샀을지도 모른다. 시리얼이 쌓여 있는 통로에서 양수가 터졌다.(사람들에게 이 이야기를 하면 다들 1년 무료 쇼핑권을 얻었느냐고 묻는다. 그러면 나는 정상인이라면 다들 그렇듯이, 아무도 알아차리지 않기만을 바라며 최대한 신속하게 뒤뚱거리며 그 자리를 벗어났기 때문에 쇼핑권 같은 건 못 얻었다고 말한다!(다시 한번 말하지만, 난 체면을 중시하는 영국인이니까!)

오후 2시 30분− 양수에 배내똥이 섞여 있었기 때문에 당장 병원에 가야 했다. 엄마에게 유치원에 있는 큰아들을 데려와달라고 부탁하고, J가 회사에서 돌아와서 병원까지 태워다주기를 기다렸다.

오후 3시− J가 병원에서 주차하는 동안 잔뜩 부푼 배를 내밀며 마지막 셀카를 찍으려고 했는데 그럴 짬이 나지 않았다. 왜 일이 이렇게 급하게 진행되는 걸까.

오후 3시 15분− 진통 간격이 빨라져서 곧바로 분만실로 들어갔다. 조산사가 의대생이 들어와서 분만 과정을 지켜봐도 괜찮으냐고 물었다.

난 좋다고 했다. 그 시점에는 이미 누가 있든 신경 쓰이지도, 보이지도 않았다.

오후 3시 30분— 통증이 아주 심해졌다. 가스와 공기가 나왔다. 통증 관리 책에서 본 대로 정신을 분산시키기 위해 창틀을 마구 내리치기 시작했다.

오후 4시 20분— 똥 누고 싶어!!! 하지만 보아하니 아기가 아래로 내려오는 중인 듯하다. 믿을 수 없을 정도로 이상하고, 무겁고, 전혀 정상이 아닌 느낌이었다.

오후 4시 30분— 하반신 마취제가 필요해! 조산사는 아기가 곧 나올 텐데 20분 정도 더 참을 수 있겠느냐고 물었다. 그 말에 조금 놀랐다. 몇 시간은 더 걸릴 줄 알았는데. 물론 20분 정도는 참을 수 있다.

오후 4시 43분— 빠르고 안전하게 둘째가 태어났다. 고통스럽긴 했지만 충분히 제어 가능한 수준이었고, 남편과 나는 둘 다 놀라긴 했으나 제 형과 완전히 똑같이 생긴 둘째의 탄생에 잔뜩 흥분했다.

첫째 때와 달리 침대에 누워 잡지를 읽다가 잠이 들거나 하진 않았다. 난 적극적인 참여자였고 자발적으로 힘주고 호흡하면서 아기를 세상에 내보냈는데, 그땐 정말 놀라운 기분이 들었다.(물론 두 가지 방법 모두 나름의 장점이 있고, 약물의 도움을 받지 않는다고 해서 훈장이나 특별 스티커를 받는 건 아니라고 장담할 수 있다)

잠시 후 다리를 발걸이에 올리자 밝은 조명이 철도 사고 현장 같은 내다리 사이를 환하게 비췄다. 그리고 마침내 나의 분만 과정을 지켜본의대생이 눈에 들어왔다. 꽤 잘생겼던데……

…… 그에게 이런 모습을 보이게 되어 상당히 유감스러웠다.

이번에는 병원에 입원한 기간을 즐겼다. 옆 침대에 입원한 여자가 끝없이 코를 골아서 밤에는 잠을 전혀 자지 못했지만 말이다. 아기가 울어도 듣지 못하고 계속 자는 통에 간호사들이 그녀를 깨워야 했다. 난 어떻게 저리 깊이 잠들 수 있는지 이해할 수 없었다. 나는 말똥말똥하게 깨어 있었다. 물론 코 고는 소리도 있었지만, 가슴에서 퐁퐁 샘솟는 아기에 대한 사랑 덕분이었다. 나는 다시 사건의 한복판으로 돌아와 있었고, 첫째만큼 사랑할 수는 없을 거라는 의구심은 말끔히 사라졌다. 두 번째도 처음처럼 놀라운 경험이었고, 우리 둘이서만 함께 병원에서 보낸 밤을 언제까지나 소중히 여길 것이다. 뭐 출산 때 큰 실수는 없었으니 그만하면 됐지 않은가!

# #
내가 지금 뭘 하는 건지 모르겠네

드디어 의사가 "이제 집에 가도 좋습니다!"라고 말했다. 우리는 벌써 몇 시간째 앉아서 서류 작성과 최종 검사가 끝나기를 기다리고 있었음에도 의사의 말이 약간 충격적으로 들렸다. 아기를 새로 산 카시트에 눕히고 차를 몰아 병원을 나올 때는 마치 유명 백화점에서 물건을 훔쳐 내 교복 소매에 감춰서 나오는 기분이었다.(엄마, 실제로 그런 적은 한 번도 없어요!) 누군가 다가와서 우리가 이 아이한테 무슨 짓을 하는 건지 아느냐고 물어보면 어쩌지.

하지만 이렇게 완전히 아마추어가 된 느낌에도 불구하고, 집에 돌아가서 세 명으로 구성된 그럴듯한 가족으로서의 생활을 시작할 수 있다는 데 완전히 흥분하기도 했다. 혹시 갓 태어난 아기와 함께 집에서 보낸 첫날이 기억나는가. 나는 기억한다.

집 현관문으로 들어설 때 모든 게 달라진 것처럼 분위기가 재미있게 변하는 느낌이 들었다. 너무 피곤했지만 동시에 더없이 행복한 기분이었다. 소파에 파묻혀서 방문객들을 맞고, 케이크를 먹고, 아름다운 꽃에 감탄하고, 이 사람 저 사람에게 아기를 안겨주고, 상의를 반쯤 벗고 아기에게 젖을 물리느라 계속 침실을 들락날락하기도 했다. 조산사들에게 인사하고, 그들의 어깨에 얼굴을 파묻은 채 눈물을 흘리고, 사람들이 음식을 가져다준 것도 기억난다. 아들의 머리에서 나던 귀한 우유 같은 냄새와 변이 가득 찬 기저귀에서 나던 달콤한 버터 팝콘 냄새도 기억난다. 사람들이 사준 귀여운 옷들을 구경하면서 그 작은 크기에 웃었던 기억도 있다.

몰골은 형편없지만 기분만큼은 유명 인사가 된 것 같았던 일도 기억난다.

터무니없이 부풀어 오른 가슴과 뜨거운 목욕, 갈라진 젖꼭지, 처음으로 변을 보느라 변기에 조심스럽게 앉아 있던 시간도 기억난다. 낮에 하는 형편없는 텔레비전 프로그램을 보던 일과 슬프지도 않은 연속극을 보며 울었던 일도 기억난다. 내가 앉을 수 있도록 소파에 쿠션을 배치했던 정확한 위치도 기억나고, 사랑에 둘러싸여 있었던 덕분에 모든 게 다 괜찮았던 일도 떠오른다.

내가 지금까지 본 아이 중에서 가장 예쁜 남자아기가 배가 부를 때까지 젖을 먹고 내 품에서 작은 공처럼 몸을 웅크리고 잠든 모습 역시 생각난다. 그렇게 어렵지 않다고 생각했던 것과 출근하는 J에게 손을 흔들면서 약간 겁을 먹기는 했으나, 한편으로는 나 혼자 아기를 돌볼 수 있다고 확신했던 일도 기억난다.

그러다 어떤 일이 벌어졌다. 아기가 젖만 먹으면 혼수상태에 빠진 듯이 잠들던 게 중단된 것이다. 아기는 태어난 지 겨우 몇 주밖에 되지 않았는데 벌써 기능 이상이 생겼다.

아기에게 젖을 먹여도 잠들지 않고 깨어 있을 뿐만 아니라 기분이 나쁜 채로 깨어 있었다. 울음을 터뜨리면 멈출 줄 몰랐다. 그래서 나도 갓 엄마가 된 많은 이가 하는 행동을 했다. 답을 찾기 위해 인터넷을 뒤지고 수많은 육아서를 집어삼킬 듯이 탐독한 것이다.

남들이 해주는 조언은 모두 합리적으로 느껴졌다. 일과를 정해놓고 수유 시간과 낮잠 시간도 계획을 세워서 진행해야 한다. 엄마가 한 손으로 라자냐를 떠먹는 동안 품에서 재우는 게 아니라 적절한 수면 시간을 지키는 것이다.

그런데 문제가 하나 있었다. 아들이 빌어먹을 책의 조언대로 따르길 거부했다.

나는 혼란스러웠다. 책에 나오는 아기들은 모두 덜 규칙적으로 젖을 먹고

훨씬 오래 잤다. 그런데 나는 왜 제대로 작동되지 않는 버전을 갖게 된 걸까.

아들이 스케줄을 따르려 하지 않았을 뿐만 아니라 저녁마다 산통을 앓는 바람에 많은 사람이 '마녀의 시간'이라고 부르는 영아 산통(좀 더 정확하게 말하면 '마녀의 5시간'이라고 불러야 한다)이 두려워지기 시작했다. 그 순간이 닥치면 아기를 안고 하도 빨리 흔들면서 이리저리 돌아다니는 바람에 아기가 방 저편으로 날아갈까 봐 무서울 지경이었다.

도와줘요. 난 속으로 계속 도와달라고 외쳤다.

사람들은 "아기가 갓 태어났을 때를 즐겨라!"고 말한다. "그 시간은 너무 빨리 지나간다!"는 것이다.

당시에 제발 그렇게 되기를 간절히 바랐던 게 기억난다.

"갈수록 쉬워진다?"나 "6주가 지나면 웃을 수 있고, 아기도 그때쯤에는 우는 걸 멈추고 따라 웃게 될 거야!"라고도 했다.

하지만 일이 갈수록 쉬워졌던 기억은 없다. 난 패배자가 된 기분을 느꼈고, 가슴이 너무 아파 젖을 먹이기가 힘들어서 젖을 다 짜내고 나면, 그다음에는 젖이 충분히 나오지 않아 분유로 보충해야 하는 악순환이 생겼다. 기진맥진한 상태에서 내가 일을 엉망으로 만들어버렸다는 죄책감을 느꼈던 게 기억난다. 모유 수유 상담사들이 털실로 만든 이상한 가슴 모형을 가지고 완벽한 자세를 설명하려고 애쓰던 모습을 본 것도 기억난다. 그들 중 누군가가 "지금까지 잘해왔어요. 하지만 이제 그만해도 괜찮아요"라고 말해주길 바라기도 했다.

아이가 우유를 토하던 일과 토한 우유로 뒤덮인 내리닫이 잠옷을 계속 갈아입혔던 일, 절망적인 기분으로 구할 수 있는 모든 종류의 젖병과 산통 치료법을 다 시도해봤던 것도 기억난다. 익숙한 얼굴들에 둘러싸여 있으면서도 외로움을 느꼈고, 너무 불안해서 잠이 오지 않는 탓에 밤새 깨어 있기도 했다. 이런 상황에서 다른 사람은 어떻게 아이를 더 낳을 수 있는 건지 참으로 혼란스럽기도 했다. 놀이용 매트 위에 있는 아들을 바라보면서 그 아이를 어떻게 해야 할지 몰라 쩔쩔매던 것도 기억난다. 두려움에 떨면서 만약 내가 이 일을 더는 하지 못하게 되면 어떻게 될까 생각하기도 했다.

만약 나 혼자였다면 그 상황에 어떻게 대처했을지 모르겠다. 나는 한밤중에 깨어 공황 발작을 일으키곤 했다. J가 항상 곁에 있으면서 아이 때문에 생긴 편집증의 안개에 뒤덮여 제대로 기능하지 못하는 내 뇌의 이성적인 부분이 해야 하는 일들을 떠맡아주었다. 남편은 내가 병원에 다니도록 하고, 친정에 가서 머물고 오게도 해줬다.

나는 운이 좋았다. 주변의 도움과 약 덕분에 몇 달 뒤에는 기분이 훨씬 나아졌다.

당시를 되돌아보면 이상한 기분이 든다. 내가 기억하는 모든 일이 있음에도, 마치 김이 잔뜩 서린 유리창을 통해 다른 버전의 나를 바라보는 느낌이 들기 때문이다. 움직이지도 못하는 작은 아기 한 명을 돌보는 걸 왜 그렇게 어렵게 여겼는지 의아할 정도다. 공공장소에서 모유 수유를 하려고 애쓰는 동시에 다가오는 차를 향해 신나서 달려가는 어린애를 데리고 다니는 게 훨씬 힘들지 않은가.

하지만 그렇지 않았다. 왜냐하면 그 당시에는 모든 일의 중심이 나에게서 다른 누군가에게로 옮겨가는 시기였기 때문이다. 열쇠와 지갑을 들고 나가는 길에 모퉁이 가게에 잠깐 들러서 양파 피클 맛 몬스터 먼치 한 봉지 사기조차 불가능했다. 다른 사람을 가장 중요하게 여기면서 살아가는 방법을 다시 배워야만 했다.

부모가 되기 위한 첫 번째 시도를 쉽다고 여기는 사람이 과연 있을지 모르겠다. 부모가 되는 걸 자연스럽게 받아들이고, 첫 아이에 대해 아주 느긋한 꿈을 가지고 있는 사람일지라도 말이다. 그 감정을 설명하거나 미리 대비하는 건 불가능하다. 아주 멋지지만 동시에 큰 짐이되기도 한다. 자랑스러움과 사랑과 흥분으로 가득 찬 가슴이 둘로 갈라진 것처럼 느껴지기도 한다.

그래서 나는 아기의 탄생을 기다리는 중이거나 막 부모가 된 이들을 위한 유용한 조언이나 설명을 담은 책을 쓸 수가 없다. 그 무엇도, 그 누구도, 그 어떤 말도 여러분이 부모가 되도록 완벽하게 준비시켜줄 수는 없다. 설령 그게 가능하더라도 여러분의 경험은 내 경험과 다를 수밖에 없으니, 더 쉬울 수도 있고(부디 그러기를) 더 어려울 수도(그런 일은 없기를) 있다. 그걸 누가 알겠는가.

하지만 내가 그 과정에서 배운 게 몇 가지 있다.

● 육아서를 읽고 끊임없이 인터넷을 검색하는 게 어떤 사람에게는 도움이 될지도 모르지만, 내 경우에는 그게 바로 문제의 근원이었다. 그래서 둘째를 낳았을 때는 우리 집만의 방법을 만들어냈고(둘째 아이가 생기면 여러분도 반드시 해야 하는 일이다) 모두 다 훨씬 행복해졌다.

헤헤헤!

거대한 모닥불을 피워 엄청나게 쌓인 육아서를 태우는 내 모습이다. 실제로는 도서관에 반납하거나 중고품 가게에 팔았지만, 그렇게 말하면 별로 드라마틱하지 않으니까.

● 물론 어려울 수도 있다. 어렵다고 느끼는 건 괜찮지만 감당할 수 없

을 정도로 힘들어지면 도움을 청해야 한다.

- 첫째 아들은 모유 수유하는 데 비참하게 실패했지만, 둘째 때는 성공했다. 하지만 분유와 모유 섭취로 인해 두 아들에게 생긴 차이는 전혀 없다고 단언할 수 있고, 이와 관련해서 내가 후회하는 유일한 일은 모유 수유 실패를 가지고 자신을 심하게 나무라느라 낭비한 많은 시간뿐이다.

- 어떤 아기들은 계속 운다. 왜냐하면 어떤 아기는 그냥 그렇기 때문이다. 그래도 다들 울음을 멈춘다……. 언젠가는.

- 사람들이 뭐라고 말하든, 모든 상황을 전부 다 포용할 필요는 없다. 예를 들어 아이가 여러분 입에 대고 토하는 경우 같은 건 절대 받아들일 수 없는 일이다. 자기가 받아들일 수 있는 일들을 가능할 때만 받아들이고, 나머지는 사라져버리기를 바란다고 해서 죄책감을 느낄 필요는 없다.

- 여러분은 결국 한낮이 되기 전에 준비를 마치고 집에서 나설 수 있

는 시스템을 만들어낼 것이다.(비록 많은 욕설이 동반된다고 하더라도)

- 오후 6시가 지나도록 여전히 잠옷 차림으로 더러워진 가제 수건과 반쯤 먹다 남긴 시리얼 그릇과 차게 식은 찻잔에 둘러싸여 있다고 하더라도, 온종일 한 일이 '아무것'도 없다고 낙담할 필요는 없다. 여러분의 아기는 틀림없이 깨끗하고 배부르며, 따뜻하고 안전한 상태일 텐데 그게 아무것도 아닌 건 아니다. 사실 그게 전부다.

- 지금 막 엄마가 되었거나, 약간의 도움만 있으면 잘 해나갈 수 있는 신참 엄마를 알거나, 20년 전에 이 말이 꼭 필요했을 때 아무도 이런 말을 해준 사람이 없다면 지금 내가 해주겠다……

당신, 아주 훌륭하게 잘하고 있어.

그냥 그곳에서 버티고 있는 것만으로도(물론 가끔 침실에 들어가 있는 힘껏 소리를 지르고 나온다고 하더라도) 잘하고 있는 거다. 욕실에 숨어서 몰래 초콜릿 바를 먹는 것도 마찬가지다⋯⋯. 아, 그리고 술잔에 손대는 걸 사회적으로 인정받을 수 있는 날이 언제쯤인지 계산해보는 것도 멋진 일이다.(그러기를 바란다)

• 그때는 내가 뭘 하는지 몰랐고 지금도 여전히 내가 뭘 하는 건지 모르겠지만, 다른 사람이라고 해서 딱히 다르게 살 것 같지 않다. 사실 육아의 99퍼센트는 그냥 즉흥적으로 대처하는 것이다.

# #
새 친구 사귀기

오래전, 내가 아직 아이를 낳기 전에 해나라는 친구네 집에서 지낸 적
이 있는데 당시 그녀에게는 어린아이가 있었다. 내가 막 샤워를 하려
는데 해나가 욕실 팬 소리 때문에 자기 아들이 깰 수도 있으니 나중에
하라고 부탁했다. 그때 난 '무슨 말도 안 되는 소리야?'라고 생각했
다. 저렇게 내내 재우기만 할 거면 무엇 때문에 아이를 낳은 건지 이해

할 수 없었다.

그리고 자식 때문에 모든 생활에서 제약받는, 말도 안 되게 멍청한 사람이 되지는 않을 거라고 상당히 단호하게 결심하기도 했다.(미안해 해나!) 아이 낮잠 시간 때문에 오후 1시에 만나서 점심을 먹는 건 불가능하다고 말하는 인간은 되지 않을 거라는 뜻이었다. 아이를 어른의 계획에 맞추는 게 당연하지 않겠는가.

요컨대 아이가 없던 과거의 나는 비린내 나고 젖은 물고기로 뺨을 맞아도 할 말이 없는 멍청이였다는 이야기다.

아이를 낳고 보니 아이들은 내 생활을 완전히 앗아가 버리는 존재였다. 나의 경우엔 가방을 세 개씩 들지 않고는 집을 나서지도 못하고, 늦잠을 자지도 못하고, 느긋하게 브런치를 즐기지도 못하며, 일요일 오후에 신문을 읽지도 못하는 인간이 되었다. 따듯따듯하던 내 젊은 안색, 운동복 이외의 다른 옷을 입고 싶다는 욕구, 넘치던 에너지, 앙증맞은 가슴, 적절한 문장을 써서 말하는 기술, 숙취에서 벗어나기 위해 정말 필요한 휴식 시간 등도 잃어버렸다. 그와 함께, 그리고 바로 그 이유로 아이가 없는 친구들과의 관계도 조금씩 소원해지기 시작했다.

그렇지 않다고 항의할지도 모르지만, 여러분이 과거에 하던 일은 거의 다 아기, 일명 '내 즐거움을 억압하는 경찰'에게 적합하지 않다.

더는 내가 '재미있고, 즉흥적이며, 밤새 마시면서 최고의 포테이토칩 순위를 매기자고 주장하는' 인간이 아닌 것이다. 이제 내가 하는 대화는 대부분 젖니, 유아 지방관, 똥, 낮잠,(물론 내 낮잠은 아니다) 살균 소독, 어떤 아기 띠가 가장 좋은가 등을 중심으로 돌아간다. 그렇다, 나한테는 이런 일들이 흥미롭고 내 세상의 전부지만 다른 사람이 듣기에는 지루한 이야기다. 흠, 하긴 때로는 나도 이런 재미없는 일상에 눈물을 흘리기도 하니까 남들만 탓할 건 못 된다.

예전에 여러분이 SNS에 아기 사진을 너무 많이 올린다며 경멸하던

사람들을 기억하는가. 지금은 여러분이 그러고 있을지도 모른다. 실제로 아기가 태어나고 처음 몇 달 동안은 프로필 사진을 아기 사진으로 바꿀 가능성이 높다. 처참한 몰골을 한 여러분보다는 아기가 훨씬 예쁘고 젊으며 귀여우니까 말이다.(미안)

여러분이 계속 자기 아이 이야기만 해대니까 아이가 없는 사람들은 더는 여러분과 이야기하고 싶어 하지 않는다. 그리고 여러분도 사실 어젯밤에 13시간이나 잤는데도(그렇게 자고 일어난 뒤에는 침대에서 베이컨 샌드위치를 먹으며 아침 시간을 보냈는데도, 망할!) 너무 피곤하다는 이야기만 하는 아이 없는 사람들과 더는 대화를 나누고 싶지 않을 것이다……. 그렇다면 이제 어떻게 해야 할까.

정답은 그들을 대신할 새로운 친구를 사귀는 것이다!

아이 키우는 친구를 사귀는 가장 좋은 방법 가운데 하나는 임산부 교실에 다니는 것이다. 거의 비슷한 시기에 아기가 나오려고 한다는 이유만으로 다른 사람과 친구가 된다니, 처음에는 불편하게 느껴질지도 모르지만 걱정할 필요 없다. 그 사람들을 딱히 좋아할 필요는 없으니까. 그냥 같이 커피 마시면서 징징거릴 수 있는 대상이 있다는 사실만으로도 충분하다. 그곳에 모인 커플이 모두 짜증 나는 질문을 던지면서 이 수업이 도움이 된다느니 하고 떠들어댈 때는 '오늘 저녁엔 뭘 먹어야 하지?' 같은 딴생각에 빠질 수도 있다. 그 스펙트럼에서 자신에게 가장 적합한 지점을 선택한 뒤 자기 마음에 드는 사람 옆에 가서 앉으면 된다.

엄마가 된 친구를 만나는 또 다른 방법은 아기 교실에 다니거나,(뒤에 나오는 '오늘 하루는 또 어떻게 보내야 하나'를 보면, 그런 교실에 나가면 안 되는 이유가 나와 있다) 모유 수유 그룹에 참여하거나, 공원에서 만난 사람 중에서 무작위로 아무나 골라 다리에 매달리는 게 있다. 만약 여러분이 집에서 일하는 아빠인데 같은 처지인 다른 아빠를 만난다면, 허리케인이 몰아

치는 태평양 한복판에서 구명보트에 매달리는 사람처럼 그에게 매달리는 모습이 상상이 간다.

이제 여러분에게 아기 엄마(혹은 아기 아빠!)인 친구가 생겼으면 그들의 자질에 대해서 생각해보자. 끝없이 우는 소리로 사람들의 고막을 터뜨리는 게 아니라 잘 자고, 잘 먹으면서 틈만 나면 방실방실 웃는 아기를 둔 짜증 나는 아기 엄마 친구도 뭐 아기 엄마 친구가 하나도 없는 것보다야 낫겠지만,(완전히 확신할 수는 없다) 좀 더 이상적인 상황은 여러분과 비슷한 문제를 겪으면서 비슷한 시각을 가진 친구를 사귀는 것이다.

예를 들어 나는 다음과 같은 특징을 지닌 엄마들에게 마음이 끌린다.

- 우리 아이보다 더 심하게 엄마를 괴롭히는 아이를 둔 사람.
- 임산부 교실 모임에서 소풍을 갈 때 와인을 가져가면서도 그 사실을 전혀 미안해하지 않는 사람.
- 버스 정류장에서 감히 모유 수유를 한다는 이유로 내게 못마땅한 시선을 던지는 사람들을 독기 서린 눈빛으로 째려보는 사람.
- 단 5분이라도 숨 돌릴 시간을 가지려고 어린아이에게 과자 봉지를 쥐여주는 사람.
- 잔뜩 떡 진 머리카락과 수상해 보이는 얼룩이 묻은 웃옷을 입고 나타나도 신경 쓰지 않는 사람.
- 내가 우리 아이를 '멍청이'라고 불러도 날카롭게 숨을 들이켜지 않는 사람.(때로는 아이들도 어른처럼 멍청하게 굴 때가 있다)
- 자신이 한 선택에 다른 사람이 뭐라고 생각하든 별로 신경 쓰지 않는 사람.
- 누군가 좋은 학군에 대한 이야기를 꺼낼 때마다 손가락을 목에 넣고 일부러 캑캑거리는 소리를 내는 사람.
- 나를 안아주면서 "너만 그런 게 아니야"라고 말해주는 사람.

● 아기 오감 발달 수업에 늦게 나타나서는 염치없이 욕을 하는 사람.

빌어먹을!
내가 또 시간을 착각했잖아?!

주변 사람들이 아이가 생긴 이후로 변해가는 모습을 봤을 텐데, 여러분
도 예외는 아니다. 하지만 본질까지 달라질 필요는 없다. 그냥 아이를
음악 교실에 데려다 놓고 어린이용 컵으로 남몰래 술을 마시는 데 익숙
해지기만 하면 된다······. 뭐 예를 들자면 그렇다는 이야기다.

그리고 요즘에는 누군가 아기가 생겼다고 흥분하면서 생후 4주 된 신생
아를 데리고 글래스턴버리Glastonbury 페스티벌에 갈 거라는 헛소리를 해
도 입으로는 호응해주면서 머릿속으로 딴생각을 하는 능력이 생겼다. 왜

냐하면 그와 반대로 행동하면 무례하다는 소리를 들을 게 뻔하니까 말이다.

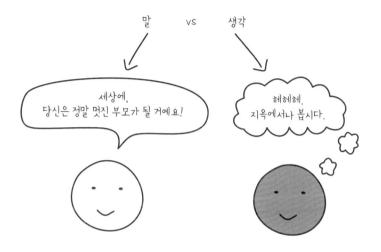

열정적인 예비 부모의 몰락을 지켜보는 건 아주 훌륭한 취미 생활이 될수 있다. 그들이 실상을 '깨닫게' 되길 두 팔 벌리고 기다리면서 독한 칵테일을 준비해둘 것이다.

마지막으로 한 가지 충고. 아이가 없는 친구들과 완전히 연을 끊어서는 안 된다. 가끔 거창한 파티를 벌일 때 매우 유용하기 때문이다. 그들에게 여러분을 못된 길에 빠뜨려서 책임져야 할 일들이 있다는 걸 완전히 잊을 수 있게 해달라고 부탁하자. 그리고 아이들도. 누구나 쉴 시간이 필요한 법이다.

아, 이게 진짜 마지막인데, 어린아이의 부모라는 누에고치에서 벗어나면 그와 동시에 따분함의 누에고치에서도 벗어나기 시작한다. 해나도 아이들이 나이가 들자 점점 덜 따분해졌는데, 이번에는 나한테 아이가 생겨서 내가 따분한 인간이 되었다. 그래도 이제는 우리 아이들도 좀 커서 주말에 같이 외출도 하고, 술도 마시고, 우리가 가장 좋아하는

5대 포테이토칩에 대한 토론도 다시 할 수 있다. 그렇게 인생은 돌고 도는 거다.

# #
아기가 밤새 깨지 않고 자게 하려면

사람들은 내게 낮과 밤의 차이를 가르치려고 하지만,
내가 그런 말도 안 되는 헛소리를
믿을 거로 생각한다면 큰 착각이지.

어떤 사람은 잘 시간이 되면 혼자 잠들어서 12시간 내내 자다가, 사회적으로 인정받는 시간인 오전 7시 30분이 되어야 일어나는 아이들을 기르는 축복을 받았다. 여러분도 이런 사람들 이마에 세게 꿀밤을 먹여주고 싶은 충동이 들겠지만, 이것이 그들 잘못은 아니라는 사실을 명심해야 한다. 그들은 그냥 운이 좋은 것뿐이다.(아니면 전생에 덕을 많이 쌓았거나)

육아의 최고봉은 아이가 밤새 깨지 않고 자도록 하는 것이다. 아기가 태어난 후 처음 몇 달 동안은 이게 기본적인 대화 주제가 되고, 다른 문제를 이야기하거나 생각할 수 있는 사람은 아무도 없다. 그래서 처음 부모가 된 사람은 아이가 잠들었을 때 자식에 대한 사랑이 약 500퍼센트 정도 증가하는 걸 깨닫게 된다.

처음에는 아기가 항상 자는 것처럼 보일 수도 있다. 그런 착각은 아기를 품에서 떼어놓아도 어디서든 잘 것이라고 가정하는 어리석은 실수를 저지를 때까지 계속된다……

완전히 혼수상태에 빠졌다가도 30초 만에 다시 미친 듯이 울어댈 수 있다니 정말 대단하다.

아무튼 아기 재우기에 관해 내가 가장 먼저 배운 사실은 아기가 내 몸에 붙어 있는 동안은 아주 잘 잔다는 것이다. 간단한 이야기처럼 들리겠지만 어…… 그러면 다른 일들은 어떻게 하고, 또 나는 어떻게 잔단 말인가?!

아, 알겠다. 못한다는 이야기로군. 어떤 엄마가 잠 같은 걸 자려고 하겠어.(정답: 나)

아이 재우기를 위해서 살 수 있는 물건이나 시도해볼 방법들은 많다. 하지만 그중에서 실제로 효과가 있는 건 하나도 없다. 여러분도 그런 사실을 알고는 있지만 워낙 절망적인 상황이다 보니 뭐라도 해보려고 이것저것 사게 되는 거다.

아기가 자궁 속에서 들었던 소리가 나서 아기를 달래준다는 빌어먹을 꿈꾸는 양 이완Ewan을 사느라 30파운드를 썼고, 존슨즈Johnson's의 약속을 믿고 베드타임 베이비 배스Bedtime Baby Bath 제품에 수년 동안 돈을 투자하는 멍청한 짓도 했다.

그들은 아기가 더 잘 자도록 도와준다는 사실이 '임상적으로 검증되었다'고 했지만 결국 돈만 날렸을 뿐이다. 이게 더 저렴한 제품보다 효과가 좋을까? 소비자는 그 사실을 어떻게 알 수 있을까? 알디^Aldi(저가 슈퍼마켓 체인 기업–옮긴이)의 제품으로 아기들에게 테스트한 뒤에 다음 날 아기들을 인터뷰해봤나?

밤에는 아기가 자는 시간보다 깨어 있는 시간이 더 길다고 느껴질 때가 많다. 왜냐하면 실제로 그렇기 때문이다. 또 젖을 먹일 가슴이 없는 남편은 죽어 마땅하다는 생각이 들기도 한다. 아기가 모유가 아니라

부모님이 특정 상표의 제품을 사용할 경우,
귀하의 수면에 영향을 받는다고 생각하십니까.

네, 배에 가스가 차서
아주 끔찍한 밤을 보냈어요!

난 그런 개념 자체가
극히 모욕적이라고 생각해요!

분유를 먹는데도 남편은 밤에 계속 잠만 자면서 아기를 돌봐주지 않는다면, 실수로 고환을 팔꿈치로 세게 내리쳐도 계속 그렇게 잘 수 있는지 한번 살펴보자. 혹시 남편이 없어서 이런 일을 전부 혼자 해내야 하는 상황이라면, 당신에게 큰 영광이 있기를. 그리고 집에 술이 많기를 바란다.

그시간 동안 아기에게 젖을 먹이고 트림을 시키고 부드럽게 다시 눕혔을 때, 아기가 다음과 같은 행동을 하는 걸 종종 볼 수 있다.

1. 자기 몸에 다 묻을 정도로 왕창 토한다.

2. 똥을 싼다.

3. 위의 두 가지를 동시에 한다.

축하한다. 이제 댁의 아기는 지금부터 2시간은 더 깨어 있을 것이다. 물론 당신도.

이렇게 잠이 부족하면 사람이 미친다. 그래서 절실한 마음으로 간절히 해결책을 찾게 된다. 얼마 전에 어떤 엄마가 방문 간호사에게 6개월 된 자기 딸에 관해서 이야기하는 걸 엿듣게 되었다. 그들의 대화는 이런 식으로 진행되었다.

당황한 엄마: 제가 방에서 나왔더니 아기가 울기 시작했어요. 그래서 15분 정도 기다렸다가 다시 돌아갔지만 울음을 그치지 않더군요. 그보다 더 오래 기다렸어야 하는 걸까요?

방문 간호사: 아뇨, 그렇게 어린 아기가 15분 동안이나 울게 내버려 둬서는 안 되죠.

당황한 엄마: 하지만 지난번에 만난 방문 간호사는 아기를 15분 동안 내버려 두라고 하던데요. 그럼 어떻게 해야 한다고 생각하시나요?

방문 간호사: 제 생각엔 아기가 너무 지쳐서 그러는 걸 수도 있어요. 잠

자는 시간을 앞당기려는 시도는 해보셨나요?

더욱더 당황한 엄마: 아니요, 전에는 아이가 별로 피곤하지 않아서 잠을 자지 않는 걸지도 모르니까 재우는 시간을 더 늦춰보라는 말을 들었는데…….

방문 간호사: 어쩌면 배가 고파서 그럴 수도 있으니까 낮에 고형식을 먹여보세요.

매우 화가 나고 당황한 엄마: 우리 아이는 정말 많이 먹어요. 만나는 사람마다 하는 이야기가 다 다르군요! 대체 누구 말이 맞는지 내가 어떻게 알겠어요?

흠, 바로 이게 문제다. 아기를 재우는 완벽한 방법을 알려줄 수 있는 사람은 아무도 없다. 그들은 본인에게 효과가 있었거나 없었던 방법을 이야기해줄 뿐이다. 왜냐하면 아기도 사람이기 때문이다. 작지만 개별적인 한 인간이라는 말이다.

지나 포드Gina Ford(육아서 베스트셀러 작가—옮긴이)가 아기는 생후 8주가 되면 밤새 자야 한다고 생각하든 말든 아기들은 전혀 신경 쓰지 않는다. 만약 아기들이 말을 할 수 있다면 지나에게 헛소리하지 말라고 한마디 해줬을 것이다.

내가 침대에서 텔레비전을 보다가 잠드는 걸 좋아하는 것처럼, 여러분은 스크린 없는 방에 명상용 CD를 틀어놓는 걸 좋아할 수도 있다. 옆집의 순은 뜨겁게 데운 우유를 마시면서 책 읽는 걸 좋아하고, 세 집 아래에 사는 루이스 씨는 커다란 잔에 레드와인을 마시고는 그대로 쓰러져 잔다. 아기들도 마찬가지다. 아기에게는 알코올을 주지 않는다는 것만 다르다.(상당히 효과적인 방법일 것 같긴 하지만)

내가 첫째를 키울 때는 정말 운이 좋았다. 생후 4개월 반부터 밤새 깨지 않고 잤으니 말이다. 사람들은 내게 성공 비결이 뭐냐고 자주 묻지만 내 대답은 "어, 모르겠어요"다. 그냥 그렇게 된 것이다. 그에 비해 둘째는 거의 돌이 다 되어서야 밤새 자게 되었고, 지금도 끔찍한 악몽을 자주 꾼다.

내가 보기에 모든 아이에게는 밤새도록 자는 스위치가 내장되어 있는데, 그 스위치는 태어날 때 정해진, 우리가 알 수 없는 시간에 켜지는 듯하다. 그리고 그때가 되면 여러분은 새벽 5시에 갑자기 아기가 호흡이 멎었을지도 모른다는 맹목적인 공포감에 사로잡혀 벌떡 일어나서 그 순간을 망칠지도 모른다.

그렇게 깨고 나면 다시 잠들 수가 없다. 특히 모유 수유를 해서 아기에게 젖을 먹여야 하는 경우에는 더 그렇다.

아기가 잘 자고 일어난 다음 날 밤이 되면 전날과 똑같은 결과를 얻으려고 전날 했던 일을 전부 기억해서 그대로 따라 하려고 애쓴다. 저녁을 늦게 먹고, 꿈나라 수유를 하고, 조용히 목욕시키고, 책을 읽어주고, 자장가를 부르고, 긴 소매가 달린 조끼를 입히고······.

오늘도 이게 효과가 있을까, 아니면 망할까.

아기들은 사람을 놀리는 걸 좋아하므로 '할까, 안 할까?' 게임이 몇 달 동안 계속 이어지리라 예상해야 한다. 그리고 (다행히) 아이가 밤새도록 깨지 않고 자는 기적의 순간이 찾아오면, 여러분은 둘째를 가지기로 하고 처음부터 모든 걸 다시 시작해서 일을 망쳐버리는 것이다.

또 아기는 자라서 유아가 되는데, 여러분 집의 유아가 우리 아들과 비슷하다면 그 아이는 취침 시간에 끊임없이 떠들어댈 것이다.(자세한 내용은 '취침 시간 대소동'을 참조하면 된다) 난 언제든지 이 아이를 갓난아기와 바꿀 용의가 있다.

# #
우린 완두콩이 싫어요!

내가 육아와 관련해서 100퍼센트 확신하는 부분은 많지 않지만, 그래도 한 가지 확실한 건 아이들에게 밥을 먹일 필요가 없다면 아이들이 훨씬 더 좋아질 거란 사실이다.

물론 항상 그랬던 건 아니다. 위산 역류 증세가 있는 6개월 된 아기를 키우던 무렵에는 우유 먹고 토하고, 우유 먹고, 또 먹고, 더 많이 토하고를 반복하는 단조로운 일상에서 벗어나 아이가 제대로 된 음식을 먹는 날을 손꼽아 기다렸다. 그 무렵에는 젖병 소독기가 천천히 고통스러운 죽음을 맞기를 바라기까지 했다. 다들 무슨 말인지 이해할 것이다.

하지만 부모가 되면 머리가 좀 이상해지기도 하는데, 아기에게 음식을 준다는 간단한 개념이 실은 세상에서 가장 복잡한 일이라는 걸 깨닫게 되면서 내 흥분은 곧 극도의 혼란으로 바뀌었다. 이 주제만을 전문적으로 다룬 책도 많다. 내가 그런 책을 많이 사봤기 때문에 안다.(그렇다, 앞서 실시한 육아서 소각식에서 아무 교훈도 얻지 못했음을 인정한다)

그런 책에서 배운 내용은 어떻게든 결정을 내려야 한다는 사실과 주변 사람은 모두 "언제부터 시작할 건데?" "어떤 식으로 할 거야?" "유리병에 든 걸 사 먹일 거야, 아니면 전부 직접 만들 거야?" 같은 질문만 던져댄다는 것이었다.

나는 혼란스러웠고, 무엇을 어떻게 해야 할지 몰랐기 때문에 결국 걷잡을 수 없는 두려움에 사로잡힌 채로 자기가 하는 일에 대해 잘 아는 사람처럼 보이려고 이것저것 사들이기 시작했다. 의심스러우면, 사라. 값비싼 찜기·믹서기 캄보 제품, 대량 조리한 음식(대량 조리라니, 내 인생에 그런 건 없다)을 전부 냉동할 수 있는 아이스 큐브 트레이, 그리고 나는 먹지도 않는 각양각색의 비싼 유기농 채소까지 샀다.

처음에는 이유식을 만들어 먹이는 게 비교적 재미있는 소일거리 같았는데 곧 무자비한 일상이 되어버렸다. 내 인생이 마치 우유와 음식, 음식과 우유라는 결코 끝나지 않는 흐름을 중심으로 돌아가는 것만 같았다. 우유를 다 먹이고 나면 간식 시간이고, 간식 시간이 끝나면 바로 저녁 준비를 해야 했다. 으으, 제발. 아기들은 아무 일도 하지 않지만, 먹는 것만은 멈추지 않는다.

나는 노이로제 기미가 있기 때문에 순수한 아이주도 이유식만 할 수 없다는 걸 꽤 일찍 깨달았다. 값비싼 망고 조각이 방 안 여기저기에 흩어져 있는 걸 도저히 참을 수 없었다.(이 얼마나 무례한 짓이란 말인가!) 그래서 두 가지 방법을 반씩 섞어서 병행했다.

물론 아이주도 이유식을 신봉하는 순수주의자들 앞에서는 그런 말을 삼가라고 충고하고 싶다. 전에 아기 모임에서 어떤 여자를 만났는데, 편의상 여기서는 제니라고 부르자. 그 여자는 세상에 그런 하이브리드 방식이 존재한다는 걸 알고는 놀라서 침을 삼키다가 숨이 막혀 캑캑거리기까지 했다.

나: 융통성을 발휘해서 한 끼는 핑거 푸드를 만들어주고 한 끼는 숟가락으로 먹여요. 그러니 반은 아이주도 이유식이고 반은 전통식인 셈이죠.

제니: 아이주도 이유식은 순수주의자들만을 위한 용어예요. 아무리 소량이라도 숟가락으로 음식을 먹인다면 아이주도 이유식이라는 말을 쓸 수 없어요!

나: 아, 미안해요. 하지만 아기가 위타빅스Weetabix 시리얼이나 코티지파이를 먹고 싶어 하면 어떻게 하죠?

제니: 그런 상황에서는 숟가락을 써도 돼요. 숟가락에 음식을 담아 아기 입 앞에 가져간 다음에 입속으로 음식을 떨어뜨려 주면 되죠.

나: 하지만 우리 아기는 숟가락을 입에 넣는 걸 좋아하는데요.

제니: 그게 규칙이에요!

나: 누가 그런 규칙을 만들었나요? 아기들이 만든 건가요?

제니: 음······ 숟가락으로 음식을 먹이는 건 악마들이나 하는 짓이에요. 저리 꺼져요!

제니가 왜 이 문제에 집착하는 건지 잘 모르겠다. 식기라는 사악한 수단을 통해 아이가 요구르트를 자기 눈이 아닌 입에 넣도록 도와줄 수 있다면 그 결과는 모두에게 이롭지 않겠는가.

나는 질척한 음식은 숟가락으로 먹이는 걸 좋아하지만 음식을 으깨서 걸쭉한 퓌레^{Purée}로 만드는 과정이 지긋지긋했다. 기저귀 가방에서 유기농 콜리플라워와 콩으로 만든 이유식을 꺼내 먹이는 것도 꽤 괜찮은 방법이지만, 해동하고 다시 데우는 등의 지루한 과정을 생각하면 그것도 쉽지만은 않은 일이다.

병에 담긴 시판 이유식(이 또한 사악한 존재 아니던가?)은 처음엔 의구심이 들었지만, 당근 퓌레 병 뒷면에 부착된 라벨을 살펴보니 당근만 들어 있을 뿐이지 사악한 재료는 전혀 들어가지 않은 듯했다! 물론 모든 당근은 본질에서부터 사악하다고 판단할 수도 있겠지만, 나는 그렇지 않다는 쪽에 도박을 걸었다.

네 아기를 몸 안쪽부터 산 채로 먹어버리겠다!

결론에 도달하기까지 길고 복잡한 과정을 거친 것처럼 들리겠지만, 실은 전부 이틀 사이에 일어난 일이다.

결국 내가 아이에게 이유식을 먹인 방법은 이렇다.

망고를 제외하고 손으로 집어 먹을 수 있는 음식, 집에서 만든 음식, 밖에 나갈 때는 병 이유식, 그리고 때때로 퀘이버스Quavers 과자 한 봉지. 퀘이버스는 젖니가 나서 칭얼거리는 아기에게 본젤라Bonjela(이앓이 방지용 젤-옮긴이)보다 효과가 좋은 듯했기 때문이다. 그러니 기본적으로 모든 방법을 조금씩 다 시도해본 셈이다. 만약 여러분도 제니 같은 사람과 문제가 생긴다면 그냥 마음대로 해보라고 권하고 싶다.

둘째의 이유식 시기는 좀 더 수월하게 지나갔다. 큰아들이 먹은 건 뭐든지 다 작은아들에게도 먹였고, 어른들이 먹는 음식에서 소금만 빼고 준 경우도 많았지만 괜찮았다. 또 육아서는 전혀 읽을 필요가 없었다.

진짜 음식을 먹인다는 장애물을 극복하고 둘 다 든든히 먹이고 나면, 부모로서의 내 기량에 상당히 의기양양해지는 시기가 찾아온다. 연어, 오이, 후무스Houmous, 브로콜리, 쿠스쿠스, 고양이 먹이, 모래, 공원에서 찾아낸 껌 조각 등 우리 아이는 뭐든지 다 먹는다. 뭐든 말해보라, 우리 아이는 다 먹으니까.

식성이 까다로운 아이를 키우는 건 정말 힘든 일일 것이라고 생각한다. 물론 이유식으로 치킨너깃을 먹이는 건 부모의 잘못이지만 말이다.

그러다가 일이 완전히 틀어지기 시작했고, 결국 아이는 엄마가 직접 만든 쿄티지파이가 사실 '우웩!'스럽다고 선언했다. 아이가 느리지만 확실하게 성장해감에 따라 받아들이는 음식 목록이 줄어들기 시작한 것이다. 두 살이 되자 토스트와 파스타, 치즈를 제외한 풍미 있는 음식들은 사실상 전부 거부하는 지경에 이르렀다. 그리고 때로는 치즈마저도 자기가 원하는 방식대로 잘라주지 않으면 거부했다.

왜?! 왜?! 왜?! 나는 고민에 빠졌다. 대체 이 아이의 머릿속에서 무슨 일이 벌어지고 있는 건지. 그러던 어느 날 평소보다 일찍 유치원에 아이를 데리러 가서 오후 간식을 먹고 있는 모습을 보자 갑자기 상황이 명확해졌다. 우리 아이는 완두콩을 정말 좋아했는데, 지금 보니 접시에 완두콩 한 무더기가 그대로 남아 있었다. '완두콩이 뭐 잘못되기라도 했나?' 나는 속으로 의아해했다. 그런데 갑자기 테이블에 앉아 있던 아이들이 합창하기 시작했다.

"우린 완두콩이 싫어요, 완두콩은 으웩!! 아무도 완두콩을 좋아하지 않아!"

아, 이제 알겠네! 모종의 음모가 진행되고 있었던 것이다. 자식들을 전혀 의심하지 않는 불쌍한 부모들 몰래 자기들끼리 쪽지를 전달하고 있었다니⋯⋯.

모든 유아에게 보내는 메모: 여러분의 식단

유치원에서 놀라운 동향을 목격했습니다. 동료 가운데 일부가 자기 접시에 담긴 음식을 아무 의문 없이 먹고 있는 듯합니다. 또 채소를 자발적으로 먹는 사람도 목격했습니다. 정말 역겨운 행동입니다.

조심하십시오, 여러분. 다음의 간단한 규칙에 따라 여러분의 권위를 행사하십시오!

- 일단 분위기를 조성하십시오.— 일주일 동안 잼 토스트에 토하세요.
- 아침에는 시리얼 말고 모든 음식을 거부하세요. 매주 월요일과 목요일, 그리고 금요일에는 격주로 우유 없이 시리얼만 먹어야 합니다. 부모들이 말귀를 못 알아들으면 과호흡 상태에 빠지십시오.
- 새로운 음식을 먹는 건 절대 하지 마십시오.
- 어제 여러분이 무엇인가를 좋아했다고 해서 오늘도 반드시 그걸 좋아하라는 법은 없습니다. 마음을 바꾸는 건 언제든 가능하며, 그 이유를 설명할 필요도 없습니다.
- 과일을 푸딩이라고 하는 건 헛소리입니다.
- 최근까지 살아 있었던 건 무조건 의심하십시오. 베이지색에 죽은 것처럼 보이는 건 안전합니다.
- 슈퍼마켓에서 다양한 종류의 식품을 사달라고 요구한 뒤,

집에 돌아오면 그 음식을 거부하거나 먼저 요리하게 한 다음 마음에 들지 않는다고 하십시오.

- 저렴한 대체 상품을 정당하게 거부할 수 있도록 브랜드 이름을 복습하는 데 공을 들이십시오.

- 요리 시간이나 식사 준비 시간이 30초를 초과할 경우 절대 참지 마십시오.

- 10초에 한 번씩 요리가 다 됐는지 확인하고, 시간이 너무 오래 걸리면 주먹으로 바닥을 치면서 항의하십시오. 그 결과 음식이 반쯤 얼어 있는 채로 나올 수도 있지만, 어쨌든 먹지 않을 테니까 그런 건 중요하지 않습니다.

- 수요일 오후에는 아무것도 먹지 마십시오.

- 식사 때마다 숟가락과 칼, 포크 두 개를 챙겨놓고 먹을 땐 꼭 손으로 먹어야 합니다.

- 항상 특정한 접시 하나만 사용하십시오. 접시가 더러우면 벌컥 화를 내면 됩니다.

- 탁자 가장자리에 최대한 많은 음식을 놓아두십시오. 어른들은 "부엌 바닥 청소하다가 늙어 죽겠다"고 말할 텐데, 그게 현실이 되도록 도와주십시오.

- 스위트 콘을 먹지 마세요. 이름만 들으면 다른 채소보다 괜찮은 것처럼 보이겠지만 그냥 노란색 완두콩일 뿐입니다.
- 브로콜리를 "작은 나무"라고 설명하는 사람이 있으면 정강이를 걷어차 주십시오. 잘난 체하는 역겨운 존재입니다.
- 아보카도— 뭐라고? 안 돼.
- 소스를 뿌린 음식은 무조건 피하십시오. 믹서에 곱게 간 채소가 들어 있을 위험이 있습니다.
- 절대로 물을 마시지 마십시오. 어른들은 "목이 마르면 마시겠지"라고 말하지만 절대 마시면 안 됩니다. 탈수증세를 일으켜서 병원에 실려 가십시오. 그러면 어른들도 깨닫는 바가 있을 겁니다.
- 목욕할 때마다 배가 고프다고 말하십시오.
- 한밤중에 바나나를 찾도록 체내 시계를 훈련하십시오.
- 캐서롤, 스튜, 파이는 신뢰할 수 없는 음식입니다.
- 위타빅스는 품위를 손상시킵니다.
- 고구마칩은 모욕적입니다.
- 사람 얼굴이나 바보 같은 동물 모양으로 꾸며놓은 음식은 마구 화를 내면서 사방에 던져버려야 합니다.

아하! 갑자기 모든 상황이 명확해졌다. 역시 내가 늘 의심했던 대로다. 아이들은 우리가 생각하는 것보다 훨씬 똑똑한 데다가 우리의 몰락을 꾀하고 있다. 그러니 입맛이 까다로운 아이를 키우는 경우에(현재 내게 그런 아이가 둘이나 있다, 운이 참 좋기도 하지) 여러분이 취할 방법은 두 가지 정도 있다.

1. 아이들이 좋아하는 걸 만들어준다. 가족을 위해 두 가지 식사를 따로 준비하게 되는 한이 있어도 그렇게 해주는 것이다.
2. 체념하고 현실을 받아들이라는 태도를 엄격하게 고수한다. 설마 굶어 죽지야 않을 것 아닌가.

나는 2번을 시도했는데, 솔직히 말해서 이 방법의 효과는 아이마다 다르다. 내 경험상 까다로운 입맛이 절정에 달하는 세 살 무렵, 작은아들은 자기가 원하는 음식을 주지 않으면 온종일 쫄쫄 굶었다. 아이는 깡마르고 고집이 셌고, 나는 아마 마음이 약해서 그랬겠지만 아이가 배를 주린 채로 잠들게 할 수 없었다.(물론 아이가 새벽 4시에 일어나서 코코팝스를 내놓으라고 떼쓰는 걸 막으려는 이기적인 이유도 있었다)

그래서 내 고상한 이상(한때 내 육아 방식이었던)을 모두 버리고, 우리가 살아 있고 행복하기만 하다면, 그리고 비교적 몸에 좋은 음식이 하루 한두 번 정도 아이들 배 속에 들어가기만 한다면 성공이라고 해도 되지 않겠느냐고 합리화하기에 이르렀다.

음…… 가끔은 캔에 든 크림을 아이들 입속에 바로 짜넣어 주기도 하는데, 아이들 얼굴에 활짝 웃음꽃이 피는 데다가 그건 병에 넣어서 다닐 수가 없기 때문이다.

입맛이 까다로운 아이가 있으면 그만둬야 하는 행동……
(그러니까 난 절대로 그만두지 않을 거란 이야기다)

이게 다 살려고 하는 짓 아니겠는가.

# #
중요한 이정표

오늘은 엄마의 캐시미어 점퍼에 똥을 발사했다!

솔직히 말해서 캐시미어로 된 옷을 입고 아기를 안고 다닌 엄마가 멍청한 거다. 끝. 그런 짓을 하는 사람은 똥을 뒤집어써도 할 말이 없다. 내게는 캐시미어 옷이 없다. 그런 좋은 물건은 가질 수가 없기 때문이다. 근데 큰아들이 싼 똥이 거실 저편으로 스미러나 날아가서 프라이마크 Primark에서 산 내 슬리퍼에 떨어진 날은 분명히 기억한다.

반면 아이들이 처음으로 미소 지은 날이 언제인지는 정확하게 기억나지 않는다. 아기 배에 가스가 찬 건지 아닌지를 놓고 몇 주씩 분석한 일과 그 이야기를 하는 게 지루해졌던 기억은 분명히 난다.

뒤집기를 했다고 해서 그게 뭐 그렇게 대단한 일이라고 야단법석을 떨겠는가. 그저 아기들이 자기 얼굴을 콘센트에 바싹 가져다 댈 수 있게 된 것뿐인데 그게 뭐 좋은 일이라고.

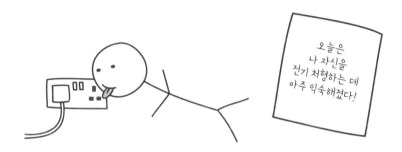

오늘은
나 자신을
전기 처형하는 데
아주 익숙해졌다!

하지만 '제때', 혹은 그보다 빨리 이정표에 도달하는 데 집착하는 부모들을 자주 만나게 된다. 그런 사람들은 이정표에 도달하는 데 필요한 기술을 아이에게 가르치는 일보다 이정표 자체를 걱정하느라 시간을 더 많이 쓰는 것처럼 보일 정도다.

어떤 엄마: 아, 어떡해요, 큰일 났어요! 지금쯤이면 손뼉을 칠 수 있어야 한다고요!

사리에 맞는 말을 하는 사람: 걱정하지 마세요. 아기들은 다 자신의 페이스에 맞춰 성장 발달하게 되니까요.

어떤 엄마: 하지만 사람들이 저 아이를 멍청하다고 생각할 거예요!

사리에 맞는 말을 하는 사람: 아기에게 손뼉 치는 모습을 보여주면 어떻게 반응하나요?

어떤 엄마: 몰라요. 온종일 베이비센터에서 다른 애들을 보며 흥분하느라 손뼉 같은 거 칠 시간이 없거든요. 다른 집 아이들은 틀림없이 씨비비즈^{CBeebies}(영국 BBC의 미취학 아동 전문 채널—옮긴이)에서 배웠을 거예요, 그렇죠? 그 채널에서는 끝도 없이 계속 손뼉을 치는 것 같더라고요.

사리에 맞는 말을 하는 사람: 맞아요.

내가 이해할 수 없는 건, '왜 사람들이 그 지루하고 평범한 이정표에 관심을 두는가'다. 아기가 손뼉을 치는 건 물론 좋은 일이지만, 나 같으면 차라리 아이들이 날 가혹하게 대하기 시작한 순간을 자세하게 기록한 사건 연대표를 만들겠다.

솔직히 말해서 난 아들이 엄지와 검지로 물건을 잡는 기술을 익혀도 신경 쓰지 않을 것이다. 그보다는 내 핸드백에서 돈을 슬쩍하기 시작하는 시기나 언제인지 알려주면 좋겠다.

언제쯤 "엄마"라는 말을 들을 수 있을지는 대충 예상했지만, 왜 우리 아이가 다른 사람들 앞에서 욕을 하는 평균 연령이 몇 살쯤인지 알려 주는 책은 한 권도 없는 걸까.

오늘은 냉동식품 코너에서 '개소리'라고 크게 외쳤다.

게다가 나는 아이가 언제부터 앉기 시작하는지도 관심 없다. 내가 알고 싶은 건 아이들이 사람을 때리기 시작하는 시기다!

오늘은
엄마를
세 번이나
울렸다!

생후 6개월이 되면 처음으로 이가 나기 시작하는데, 그렇다면 피가 날 정도로 세게 무는 건 언제쯤인가.

오늘
다른 친구에게
중상을 입히고
놀이학교에서
쫓겨났다.

아이의 컵 쌓기 실력도 물론 중요하지만, 그보다 음란한 낙서로 집을 도배하기 시작하는 건 몇 살부터일까.

오오, 장난감을 움켜쥘 수 있다니 장하구나, 장해!

그런데 현실 파악은 언제쯤 할 수 있게 되는 거니?!?!

이런 대화가 조금 더 사회적으로 용납되기를 바란다······.

다른 엄마: 우리 아이랑 나이가 비슷해 보이네요. 몇 개월인가요?

나: 16개월이요.

다른 엄마: 정말 좋은 나이네요, 그렇죠?

나: 아주 좋죠.

다른 엄마: 우리 애는 이제 단어 세 개를 연결해서 말하기 시작했어요. 정말 놀라운 일이죠.

나: 네, 정말 놀랍네요. 쟤도 의자를 현관문까지 끌고 가서 자물쇠를 열고 혼자 밖으로 나가기도 하나요?

다른 엄마: 어, 아뇨······.

나: 흠, 애가 좀 멍청한가 보군요.

내가 농담하는 것 같은가? 나도 제발 농담이었으면 좋겠다. 이제 겨우 16개월밖에 안 됐는데, 16개월!

그러니 내가 이 문제와 관련해서 해줄 수 있는 유일한 조언은, 자녀가 두 살쯤 됐을 때 정말 사소한 일 때문에 격렬한 분노를 터뜨리면서 부모의 스마트폰을 내던져서 부수지 않는다면 발달 지연 검사를 받아볼 필요가 있다는 것이다.

# #
아빠들을 위한 이야기도 있음!

지금까지는 엄마가 되는 일만 잔뜩 이야기했는데, 그건 어쩔 수 없는 일이다. 나는 엄마고, 따라서 나 자신을 기준으로 이야기할 수밖에 없다. 그러나 부모란 엄마만의 역할이 아니니, 아빠들의 공도 조금은 인정해주는 게 좋을 듯하다.

그들이 얼마나 쓸모없는가에 관해서 이야기하길 기대했다면, 미안하지만 이 책에서는 그런 내용을 찾아볼 수 없을 것이다. 물론 아빠들은 바보 같은 짓을 많이 한다. J도 아이들을 카시트에 잘 묶어놓은 것까지는 좋았는데 목적지에 도착한 뒤에야 비로소 신발을 신기지 않았다는 걸 깨달은 적이 한두 번이 아니다.(급하게 아이 신발을 사러 다니면서 매우 흥미진진한 언어의 향연이 펼쳐지리란 걸 예고하는 신호다) 그러나 이는 그가 쓸모없는 아빠라서가 아니라 원래 좀 바보같이 굴 때가 있기 때문이다. 하지만 그건 나도 마찬가지고, 이 책에도 나의 멍청함을 증명하는 사례들이 많이 등장한다.

물론 쓰레기 같은 아빠, 게으른 아빠, 가족과 함께 있어 주지 않는 아빠, 떠난 아빠도 있지만(이는 엄마들에게도 똑같이 적용된다) 지금은 자신의 역할을 진지하게 받아들이는 아빠들에 관해서만 이야기해보자.

알다시피 세상은 계속 변해가고, 더는 남자들이 분만실 밖에만 머물러 있다가 술집으로 직행해서 아기의 탄생을 축하하는 축배나 들면서 기저귀 한 장 갈아주지 않는 시대가 아니다. 요즘에는 육아의 책임을 균등하게 나누는 게 일반적인 일이 되고 있다. 왜 아빠가 아이를 재우면 안 되는가. 주말에 아빠 혼자 기저귀 가방을 챙겨 들고 밖으로 나가 아이들을 돌보는 건? 그들도 당연히 구체적으로 지시하지 않아도(어쨌든 결국에는) 자기 아이를 먹이고, 입히고, 놀아줄 수 있어야 하지 않겠는가. 단순히 엄마에게 좋거나(물론 좋다) 아빠에게 좋기 때문만이 아니라(말할 나위 없이 좋은 일이다) 아이들 입장에서도 바람직하기 때문이다. 아이들이 평등에 대해서 배울 수 있는 최고의 수업이 여기에서부터 시작된다.

아빠가 혼자서 아이들을 공원에 데려가는 건 '다정한' 행동이 아니라 '당연한' 행동이라고 해야 한다. 밤에 일어나서 아이들을 보러 가는 남편을 둔 건 '행운'이 아니라 그냥 '육아'의 일환일 뿐이다. 아기에게 우유를 먹이는 남자를 보면 '감탄'하는 게 아니라 '그렇게 머저리는 아니군'이라고 생각해야 한다.

이런 사항들을 모두 염두에 두면서, J에게 본인의 생각과 걱정, 아빠가 되고 나서 가장 재미있었던 일을 몇 가지 알려달라고 해야겠다고 생각했다. 내 옆에서 함께 부모의 역할을 나눠서 하는 사람에게 묻지 않고는 이 책을 쓸 수 없기 때문이다.(솔직히 말해서 그는 이 부탁에 질겁했다. 자기는 글을 못 쓴다고 철석같이 믿었기 때문에 나한테 책 앞부분에 '이 책은 재미가 없을 것이다'라는 경고문을 넣어달라고 부탁했지만, 난 그가 상당히 잘 해냈다고 생각한다. 그는 글만 쓰고 그림은 그리지 않았지만, 나는 미술학교에 몇 년 다녔기 때문에 내가 막대기 인간을 그리는 기술은 꽤 괜찮은 편이라고 생각한다. 흠흠)

어쨌든 시작해보자······.

우리 둘 다 준비가 됐나?
이 일을 감당할 수 있을까?
아이를 어떻게 돌볼 건가?
아이가 「스타워즈」를
좋아할까?
어떤 축구팀을 응원할까?
둘째를 가져야 하나?
개를 키울 수 있나?

처음 아빠가 된 날, 당시 기분이 어땠는지 설명해보라고 한다면 "이 상했다"고 말하고 싶다. 오랫동안 잠도 못 자고 기다리다가, 공황 상태에 빠졌다가, 꿈같은 평온함과 엄청난 걱정을 느끼다가 정신을 차리고 보니 집에 돌아와 있었다. 나 혼자, 내 인생에서 가장 소중한 두 사람을 병원에 남겨둔 채로. 그날 밤은 다른 어떤 밤과도 달랐다. 집에서 보내는 평범한 밤은 대개 영화를 보거나 음악을 듣거나 게임을 하면서 느긋하게 시간을 보내는 걸 뜻한다. 하지만 그날 밤은 방금 일어난 일에 경외심을 느끼면서, 그리고 얼른 시간이 지나서 다시 아내와

아들을 보러 갈 수 있기를 바라면서 그냥 가만히 앉아 있기만 했다.

직장에 복귀하기까지 아직 2주의 출산 휴가가 남아 있었다. 처음 며칠은 새로운 가족과 사는 일에 적응하거나 갓 태어난 아들이 먹고 싸고 자는 모습을 보면서 즐거워하는 동안 지나갔다. 아기들의 좋은 점은 잠을 잔다는 것이다. 그것도 아주 많이. 우리도 그랬다. 적어도 처음에는. 또 아기들은 별다른 일을 하지 않는다. 때는 여름이었고, 우리는 새로운 동네로 막 이사한 참이었기 때문에 외출해서 여러 가지 일들을 처리할 수 있었다.(그러니까 야외 술집을 순회했다는 이야기다)

처음 몇 주 사이에 가장 힘들었던 건 우리가 모르는 게 많다는 사실이었다. 우리는 사소한 일들을 많이 걱정했다. 아이가 제대로 자는 건가, 우유는 충분히 먹었을까, 체중이 적절히 늘고 있는 걸까 등. 케이티가 모유 수유를 할 수 없다는 사실이 분명해졌고 또 많이 아프기도 했다. 보통 엄마들은 모유 수유 때문에 많은 압력을 받지만 때로는 이렇게 불가능한 경우도 있다. 나는 그런 건 중요하지 않다면서 어떻게든 아내를 안심시키려고 애썼는데, 적어도 이 문제는 아빠가 아무런 도움을 줄 수 없기 때문에 상당히 무력감을 느끼게 되는 부분 중 하나였다.

그리고 나는 눈 깜짝할 사이에 직장에 복귀해서 런던까지 왕복 4시간씩 출퇴근하게 되었다. 어떤 클라이언트가 "휴식을 취해야 하는 때에 다시 업무에 복귀하다니!"라며 농담을 던졌는데 그의 말이 맞았다. 비록 그 방향은 다르지만 말이다. 아기와 케이티를 돌보느라 육체적으로 힘들고, 처음 몇 달 동안은 잠도 제대로 자지 못하는 생활에 적응하는 것도 힘들었지만, 나는 아기의 호흡이 불규칙하지는 않은지 귀 기울이느라 계속 깨어 있었고(들어 보니 완전히 정상이었지만) 우유를 먹이고, 분유를 타고, 젖병 소독을 하느라 계속 침대를 들락날락했다. 둘째를 낳았을 때는 아내가 정상적으로 모유 수유할 수 있었는데, 그러자 내가 별로 쓸모없는 인간, 특히 야간 수유에 쓸모없는 인간이 된 듯한 느낌이라 기분이 묘했다. 아내가 젖을 먹이는 동안 계속 잠만 자려니 죄책감도 많이 들었다. 게다가 나는 주말에만 아빠 노릇을 하고 싶지는 않았다. 처음부터 아내와 아이의 삶에 최대한 많이 함께하고 싶었다. 육아 초기에는 아이 돌보는 일은 거의 엄마가 하므로 엄마가 무거운 책임을 질 수밖에 없다는 걸 알지만, 아내가 조금이라도 쉴 수 있도록 적어도 케이티가 하는 일은 나도 뭐든지 다 하고 싶었다.(물론 온당한 범위 내에서) 종종 아빠들은 밖에 나가 일하는 경우가 많으므로 육아와 관련해서는 편하게 지낸다고 생각하는 사람들이 있는데, 오히려 나는 내가 놓치는 부분이 많다고 느꼈다. 사진과 동영상을 보는 건 그 자리에 함께 있는 것과는 다르다.

그리고 직장에서 일할 때는 휴식 시간이 길지 않고, 출퇴근은 악몽이며, 점심은 책상에 앉아서 먹거나 아예 먹지 못했기 때문에 마치 온종일 불을 끄러 다니는 소방관이 된 기분이 들 때도 많았다. 그래서 케이티의 일과를 들으면서 내 처지와 비교하며 억울함을 느끼기도 했다. 하지만 아이들을 데리고 친구들과 함께 커피를 마시는 것도 생각만큼 목가적 인 풍경이 아니라는 걸 안다. 늘 남의 떡이 더 커 보이는 법이고, 자기가 그 일을 온종일 하지 않을 때는 거기 따르는 문제점이나 다른 측면들을 모두 잊어버릴 수 있다.

커피 마시러 외출했을 때

상상

현실

가끔 일 때문에 출장을 가기도 한다. 그렇게 자주는 아니지만 한 달에 두어 번 정도 출장이 잡힌다. 아이들은 나와 하룻밤이라도 떨어져 지내야 한다고 하면 매우 슬퍼하기 때문에 아이들과 함께 보내는 시간이 매우 소중하다. 퇴근하고 소파에 앉아 함께 텔레비전을 보면서 긴장을 풀거나, 잠자리에 들기 전에 책을 읽어주거나, 숲속에서 신나게 놀고 난 뒤 손에 묻은 진흙을 털어주거나, 아이들이 지치거나 화났을 때, 그리고 짜증이 났을 때 꼭 안아주기도 한다. 주말은 가족이 함께 보내는 시간이기 때문에 뭘 하든 넷이 같이하는 경향이 있지만, 우리 부부는 서로에게 잠깐씩 혼자 보낼 수 있는 시간을 주려고 한다. 케이티는 욕조에서 재미있는 책을 읽으면 기분이 금세 좋아진다.

일하는 사람이 나뿐이라 (아이를 낳고 1년 동안은) 부담을 좀 느끼기도 했다. 나는 안정을 매우 중요시하는 사람이기 때문에 내 연봉만으로 주택 융자금을 갚고 가계를 꾸려나가야 할 때는 상당히 걱정됐다. 회사 업무와 적극적인 아빠가 되려는 노력 사이에서 힘들게 줄을 타다가 결국 날마다 장거리 출퇴근을 하는 게 너무 힘들다고 판단했다. 무엇보다 아이를 원하는 만큼 볼 수 없었기 때문에 집에서 가까운 회사에 다닐 기회가 생기자 얼른 낚아챘다. 당시에는 엄청난 모험처럼 느껴졌고 월급도 줄었지만, 우리 가족의 높아진 삶의 질이 그걸 상쇄하고도 남았다.

부모가 되는 건 정말 즐거운 일이다. 큰아들을 데리고 처음 자전거를 타러 갔을 때가 절정이었다. 아이는 자전거 타는 법을 단박에 이해했다. 정말 단 20초 만에 자전거 타는 법을 익히고는 혼자서 출발했다. 자기 아이가 어떤 일을 처음으로 해내는 모습을 보았을 때의 넘치는 자부심에 미리 대비할 수 있는 사람은 없을 것이다. 물론 포장도로 옆에서 자전거를 타는 아이에게 차가 가까이 다가올 때마다 끔찍한 공포를 느끼기도 하지만 말이다. 이런 두근거림에 대비할 수 있는 사람은 없다. 물론 힘든 점도 있고 고민하는 일도 있다. 나는 사진과 음악, 게임을 좋아하는데 아이들이 태어난 뒤로는 할 시간이 별로 없다는 게 짜증 나기도 한다. 그래도 가능한 시간에 가능한 일을 하는 생활에 적응해야 한다. 때로는 아이들 때문에 인내심이 부족해지기도 하지만 아이들에게 목소리를 높이고 싶지는 않다. 가끔 아이가 레고를 조립하거나 플레이도 Play-Doh로 자동차를 만들거나 색칠을 하거나 책을 읽거나 텔레비전을 보다가 갑자기 조용해지면서 하던 일을 멈추고 나를 올려다보며 이렇게 말하는 순간이 있다.

큰아들: 아빠?
나: 왜, 친구?

큰아들: 사랑해요.

그러면 모든 게 다 괜찮아진다. 그동안의 모든 울화 행동, 사소한 옥신각신, 짜증 날만큼 "왜?"가 반복되는 대화, 먹거나 옷을 입거나 잠자는 걸 거부하는 행동 모두 머릿속에서 지워진다.

그리고 사실 그렇게 나쁜 것만도 아니다. 왜냐하면 우리에겐 다른 자식도 있으니까! 성별이 같은 자녀를 두 명은 별로 좋지 않다고 생각하는 사람도 있지만, 사실 둘이 매우 비슷하기 때문에 더 좋다. 처음에는 형제 사이의 질투 때문에 문제가 많았으나 갈수록 같이 노는 일이 늘기 시작했다. 물론 사소한 일로 티격태격 다투고 임시변통한 무기로 서로 때리기도 하지만, 그런 허세 뒤에서 서로를 보살펴주는 모습을 볼 수 있다. 아이들이 언제까지고 좋은 친구가 되길 바란다.

요즘 들어 아이들은 많은 변화를 겪고 있고, 나와 아이들의 관계도 변하고 있다. 나는 큰아들이 소닉 더 헤지호그Sonic the Hedgehog게임에서 난관에 부딪혔을 때 도와주기도 하고 작은아들과 함께 공을 차기도 한다. 우리는 많은 일을 함께하기 시작했고 나는 거기에서 많은 걸 얻는다. 아이들은 「스타워즈」를 좋아하는데(정말 고맙다) 좀 더 크면 부디 아스널

Arsenal 팬이 되기를 기도하고 있다.

아빠로서 내가 하는 일은 대부분 능력이 닿는 한 가족들을 최대한 지원해주는 거다. 가족들은 저마다 다른 걸 원하면서 자기들이 뭘 원하는지 내가 알고 있을 것으로 생각한다.

냉장고 아래에서 장난감 자동차를 찾아주거나 자기가 학교에 가고 싶지 않은 이유를 알아내기, 꼭 안아주기, 그리고 아이들을 꾸짖거나 마침내 아이들을 재우고 난 뒤 맛있는 진토닉 만들기 등등 말이다. 부디 내가 잘 해내고 있기를 바랄 뿐이다.

J는 완벽한 사람은 아니지만, 그렇게 치면 이 세상 그 누가 완벽하겠는가. 그래도 그는 좋은 아빠다. 아이들 신발 신기는 걸 잊어버리지만 않는다면 '좋은'을 '훌륭한'으로 바꿔줄 용의도 있다······. 어쨌든 그는 잘하고 있는 것 같다.

추신 이 책을 읽는 독자 중에는 한부모 가족이나 혼자 육아 책임을 다지고 있는 부모들이 있다는 걸 안다. 그들에게 경의를 표한다. 여러분이 얼마나 대단한 사람인지 잘 알고 있기를 바란다!

# #

변화

유아심리학의 설명에 따르면……

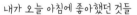

내가 오늘 아침에 좋아했던 것들

내가 오늘 오후에 좋아하는 것들

꽃

햇빛

치즈 올린 토스트

다른 사람들

내가 기억하는 바로는 두 아들 모두 한 살이 되면서부터 큰 변화가 일어나기 시작했다. 나이란 참! 갑자기 걷거나 말을 하는 등 어른처럼 행동하기 시작한 것이다. 아이들이 자기만의 작은 개성과 버릇을 발달하기 시작하는 모습을 지켜보는 건 놀라운 경험이었다.

어린아이의 자신감과 열정, 삶에 대한 활력 속에서 기쁨을 발견하는 건 당연한 일 아니겠는가. 어른이 된 뒤에도 그런 마법을 간직할 수 있다면 얼마나 좋을까.

아이들은 자기가 좋아하는 걸 보면 가지려고 하고, 자기가 싫어하는 일을 하는 사람을 보면 눈앞에서 없애버리려고 한다. 항상 뛰어다니면서 새로운 무언가를 탐구하고, 문 저편에 뭐가 있는지 알고 싶어 한다. 지저분한 담배꽁초에 순수한 호기심을 보이기도 하고, 솔직히 별로 재미있지도 않은 일을 가지고 온몸으로 웃기도 한다. 마치 세상의 좋은 건 전부 자기 손아귀에 있는 것처럼 의기양양하게 활보한다.

어린아이들은 (잠깐이나마) 부모에게 매우 놀라운 존재다. 여러분은 "방금

그거 봤어?" "얘가 지금 뭐라고 하는지 들었어?" 같은 말을 하면서 많은 시간을 보내게 된다. 한마디로 미치도록 귀여운 짓만 골라 한다. 하지만 좋은 일은 다 끝을 맺게 되어 있다.

거실 소파에 누워 내 일에 관해 생각하던 중에(그렇다, 그게 실수였다) 작은아들이 옆에서 돌아다니다가 들고 있던 플라스틱 컵으로 내 얼굴을 내리친 적이 있다. 아직 두 살도 안 된 아기의 힘치고는 상당히 강한 일격이었다. 왼쪽 눈 주위에 멍이 들고 붓는 걸 보면서 이게 약간 은유적인 사건이라는 생각을 떨칠 수가 없었다. 아기 시절이 완전히 끝나버렸음을 알려주는 것이었다.

끔찍한 두 살 시기에 접어든 걸 환영한다.(사실 내 경험에 따르면, 이 시기는 14개월 무렵에 시작되어 지금까지 이어지는 듯하다······. 심지어 큰아들은 여섯 살이 되었는데도 완전히 벗어나지 못하고 있다) 이때는 기본적으로 조그만 인간들이 완전히 무작위로 분노를 터뜨리면서 상당히 괴상한 짓을 많이 하는 시기다.

미안한 말이지만 여러분의 사랑스러운 아이도 가까운 시일 안에 내면의 악마에게 사로잡혀서, 한때 유연했던 작은 몸이 여러분의 모든 움직임에 반항하게 될 것이다.

더는 몸통 가운데 부분이 구부러지지 않는다.

비협조적인 팔다리

거짓말이 아니고 정말 겁나는 상황이 닥칠 수도 있다. 큰아들은 얼굴이 진한 파란색이 되고, 바닥에 쓰러져서 온몸에 경련을 일으킬 정도로 심한 울화 행동을 한 적이 있다. 아이가 비명을 지르기에 틀림없이 발작을 일으킨 모양이라고 생각하고 급히 전화기로 달려가서 구급차를 불렀다. 그런데 알고 보니 내가 자기 바나나를 반으로 자른 것 때문에 '약간' 열이 받아서, 불완전한 과일 조각을 받은 데 대한 분노가 숨쉬기보다 더 중요해진 것이었다.

알았다, 알았어.

잘린 바나나를 보고 분노

물론 거기서 끝이 아니다. 어린아이를 정말 화나게 할 수 있는 일을 몇 가지 살펴보자.

- 비스킷을 주지도 않고 유모차에 태우는 것.
- 버스나 기차를 봤는데 자기가 거기에 타고 있지 않은 것.
- 들고 있는 물을 자기 몸에 뿌리지 못하게 말리는 것.

- 들고 있던 물을 자기에게 뿌리는 바람에 몸이 젖은 것.
- 한정적인 블루베리 공급.
- 고양이에게 요구르트를 먹이지 못하는 것.
- 고양이가 요구르트를 좋아하지 않는 것.
- 테이블에 그림을 그리지 못하는 것.
- 그림을 그리지 못하는 것.
- 펜을 먹지 못하는 것.
- 플레이도 장난감을 먹지 못하는 것.
- 플레이도 장난감을 먹는 것.
- 흙을 먹는 것.
- 비누를 먹는 것.
- 제대로 된 음식을 먹지 않아서 배가 고픈 것.
- 펜 뚜껑을 입에 넣지 못하게 하는 것.
- 구부러지지 않는 물건을 구부리려고 하는 것.
- 그걸 구부리다가 깨뜨리는 것.
- 일반적인 물리학 법칙.
- 자기가 고른 물건을 창문 밖으로 던지지 못하게 하는 것.
- 다른 사람이 자기 킥보드를 건드리는 것.

- 다른 사람이 자기 킥보드를 쳐다보는 것.
- 일부러 웅덩이에 뛰어들었다가 발이 젖은 것.
- 손으로 콩을 집어 먹다가 손에 콩물이 묻은 것.
- 장난감 칼로 텔레비전을 후려치지 못하게 하는 것.
- 자기 양말이 약간 비뚤어져 있는 것.
- 양말을 혼자 벗지 못하는 것.
- 양말을 신고 있지 않은 것.
- 양말.
- 장갑 끼기.
- 손이 시린 것.
- 깍둑썰기하지 않고 얇게 자른 치즈.
- 비둘기.

물론 이 목록은 결코 완전한 것이 아니다. 쓰고, 또 쓰고······ 계속 이어서 쓸 수도 있지만 그래 봤자 별 도움은 안 될 거다. 어느 순간 아이를 화나게 했던 게 바로 다음 순간에는 가장 좋아하는 게 될 수도 있기 때문이다. 기차 세트를 예로 들어보자. 그 세트는 아이가 좋아하는 장난감일까, 아니면 (특히 기찻길은) 살인 무기로 더 유용하게 쓰일까.

130

내가 장담하는데 유아기의 아이들은 진짜 제정신이 아니다. 다들 즐거운 기분으로 공원에 소풍 갈 준비를 하고 있는데, 떠나기 직전에 작은아들이 자기는 옷을 다 벗어야만 나갈 수 있다고 결심할 수도 있다. 자기가 뛰어다니다가 테이블에 머리를 부딪쳐놓고는 내가 그 잘못에 대한 책임을 지기를 바란다. 구조가 매우 복잡한 조립식 옷장의 마지막 부품을 찾으려고 이케아의 셀프서비스 코너를 쉬지 않고 돌아다니고 있을 때 갑자기 그날 아침에 자기가 직접 선택한 컵 색깔이 심각하게 모욕적이라고 판단하기도 한다.

아이의 이런 행동이 전부 나에게 벌어진다면 차라리 괜찮을 텐데, 상당수는 모르는 사람을 향해서 폭발한다는 데 문제가 있다. 사람들이 빽빽하게 들어찬 만원 기차나 엘리베이터를 타면 아이는 기쁜 얼굴로 아무한테나 손을 문질러대다가 화난 이들이 항의를 받곤 한다. 우리 가족이 조만간 런던 아이)London Eye(회전식 대관람차—옮긴이)를 탈 예정이 없는 것도 그런 이유 때문이다.

이런 일이 정말 쉴 새 없이 이어진다. '파란 고양이 아이스크림'을 달라는 요구를 신경질적으로 웃어넘기려고 하면 아이는 목소리를 점점 키우면서 계속 우겨대다가 결국 자기가 뭘 원했는지조차 잊어버린다. 애초에 난 아이가 요구하는 게 뭔지 전혀 이해하지 못했기 때문에, 사람들이 넌더리 난다는 표정으로 쳐다보는 동안 아이와 같이 울어버린다.

어쨌든 이제 조그만 아이들이 심각한 골칫거리가 될 수도 있다는 사실을 확인했으니, 그들을 다루는 가장 좋은 방법이 뭔지 궁금할 것이다. 나는 여러분이 어두운 방에서 혼자만의 시간을 보낼 수 있도록 아이를 어린이집에 몇 시간 더 보내라고 권하고 싶다. 또 다른 방법을 원한다면 미안하지만 다른 책을 사 읽는 게 좋겠다.

하지만 이건 아이가 거쳐 가는 하나의 단계에 불과하다는 걸 알면 조금은 안심할 수 있을 것이다. 육아와 관련된 다른 모든 일이 그렇듯이 길고 끝이 보이지 않는 단계일 뿐이다. 그리고 사람들이 기쁜 표정으로 전하는 바에 따르면, 그 뒤에는 더 끔찍한 단계가 찾아온다고 한다.

인형을 전자레인지에 돌리지 못하게 했다는 이유로 아이가 여러분 발밑에서 팔다리를 버둥거리며 주먹으로 바닥을 쾅쾅 내리치고 있을 때는 그 아이의 장점이 뭔지 기억하기 어려울 수도 있다. 하지만 그 상태가 영원하지 않다는 사실을 명심해야 한다. 언젠가는 아이들도 여러분이 자기를 위해 해준 모든 일에 고마워하는 날이 올 거다.

언젠가 그들은 밝고, 경쾌하고, 미소 가득한 얼굴로 다가와 플라스틱 톱으로 여러분 다리를 마구 내리치면서 이렇게 말할 것이다.

"엄마, 집을 짓기 위해 엄마를 조각조각 자르려고 해요."

부모의 입장에서 한마디. 난 그만한 가치가 있는 사람이긴 하지.

# #
오늘 하루는 또 어떻게 보내야 하나

우리 아이들이 아침이라고 결정한 시간(그게 몇 시든)에 일어나서 제일 먼저 생각하는 건 커피, 다량의 사랑스러운 커피고, 그다음에 생각하는 건 '젠장, 오늘 하루는 또 뭘 하면서 보내지'다. 그 답은, 활동이다! 이 파트에서는 어린아이들과 함께 할 수 있는 가장 '재미있는' 활동 목록을 정리해볼 생각이다. 전부 취침 시간(물론 나한테는 한잔하는 시간을 뜻한다)

이 될 때까지 하루를 보내는 데 도움이 되도록 정교하게 고안된 활동들이다.

아기 교실

아기 교실은 아주 훌륭하다. 선택 가능한 강좌가 매우 많다. '노래와 몸짓' '아기 오감 발달' '라임 타임' '귀염둥이 필라테스' '이중 언어 구사자로 키우기' '장난감들의 고급 수학' '말썽꾸러기 천사들을 위한 형법' 등, 이 중에서 두어 가지는 내가 지어낸 것이지만 다들 무슨 말인지 이해했을 것이라 믿는다.

대개 수업은 반밖에 듣지 못하더라도 상당한 돈을 미리 내야 한다. 그래도 괜찮다. 한 수업 당 20파운드의 수업료를 내고 교실 구석에 서서 악을 쓰는 아기를 지켜보면서 무능한 엄마가 된 기분을 느끼는 건 아주 가치 있는 일이니까!

다음 그림은 그 사실을 증명하기 위해서 베이비 마사지 교실에 참석했을 때 내 모습을 그린 것이다.(그림 왼쪽이 나) 솔직히 말해서 주머니에 돈이 두둑하게 들어 있고, 온몸이 기름투성이가 되어 화내는 아기가 없는 저 강사를 제외하고는 크게 재미 본 사람이 없었을 거다.

수업 대부분이 아기를 지적으로 자극한다고 광고했지만, 실은 바스락거리는 소리가 나는 빈 봉지보다도 못한 자극을 제공할 뿐이다.

'엄마와 함께 요가를' 수업료보다는 포테이토칩 한 봉지가 훨씬 저렴하고, 어느 술집에서나 살 수 있다는 걸 알아두자. 그냥 그렇다는 이야기다.

최고의 팁

이건 내 친구 찰리와 매트가 알려준 팁이다. 아이들에게 술집을 카페라고 부른다고 가르치라는 것이다. "엄마가 주말에 카페에 데려갔어요"라고 하면 훨씬 건전한 주말을 보낸 것처럼 들리지 않겠는가. 우리 동네에 있는 어떤 술집은 멋진 야외 놀이 공간을 갖추고 있는데, 우리는 이곳을 "공원"이라고 부른다.

놀이 학교

여러분과 아이가 아기 교실에 질리면 놀이 학교로 옮겨갈 수도 있다. 비용은 1~2파운드 정도 들고 시끄러운 주변 환경과 자기 것도 아닌데 치워야 하는 쓰레기, 맛없는 커피 한 잔, 커스터드 크림을 얻을 수 있다. 나는 놀이 학교를 "익명의 비스킷 스토커"라고 부르기도 한다. 그곳에 모인 아이들이 거의 다 메스암페타민 중독과 유사한 분홍 웨이퍼 비스킷 의존증을 앓고 있기 때문이다.

나는 놀이 학교를 꽤 좋아하는 편이다. 어떤 사람은 낯선 이와 날씨에 관해 토론하는 게 싫어서 이런 모임에 가는 걸 꺼리지만, 나는 오븐과 대화하느니 차라리 진짜 사람과 이야기를 나누는 편이 좋기 때문에 모임에 나간다. 물론 문제가 없진 않다.

놀이 학교의 가장 심각한 문제는 모든 아이가 원하는 장난감이 꼭 하나씩 있다는 것인데, 대개는 올라타는 장난감이다. 문에 들어섰는데

서른 명의 팬들이 갈망하는 쿄지 쿠페Cozy Coupe가 달랑 한 대만 있는 걸 보면 심장이 내려앉는 기분이 든다.

밤에 놀이 학교에 몰래 침입해서 부모의 온전한 정신 상태를 지켜주는 신을 위해 의식을 치르면서 그 장난감을 제물로 바치는 꿈을 꾸는 부모가 나 혼자만은 아닐 거다.

그리고 가끔은 놀이 학교의 개념을 거꾸로 알고 있는 터무니없이 쾌활한 직원을 만나는 경우도 있다.

물론 그건 놀이 학교의 목적이 아니다. 놀이 학교는 아이들이 사방으로 돌아다니면서 다른 사람 신발 바닥에 붙은 으깨진 건포도 조각을 채집하는 동안, 부모들은 자기가 밤잠을 얼마나 설쳤는지 하소연하거나 구석에 숨어서 다른 사람들이 올린 휴가 사진을 검색하기 위한 시간이다. 그러면 모두가 행복하다.(그럭저럭)

놀이 학교에서 인기 있는 또 하나의 활동은 깨물기다. 곰곰이 생각해보면 놀이 학교와 「워킹 데드The Walking Dead」 사이에 공통점이 있다니 참으로 기괴한 일이 아닐 수 없다.

영원과도 같은 시간이 흐른 뒤 누군가 "정리할 시간이에요"라고 말하면, 마침내 놀이 시간이 끝났으니 집에 가서 잠시 텔레비전을 봐도 된다는 뜻이다. 이 무렵이 되면 다들 눈이 게슴츠레해진다······.

우리 모두 다 같이 손뼉을!

저런, 저쪽 끝에 있는 여자가 울고 있는 듯하다. 아마 이름이 레이철이 었지.

괜찮아요, 레이철?

레이철은 괜찮지 않다. 말 그대로 너무 지루한 나머지 눈물이 다 나고 있다. 레이철은 자기가 딸을 이 빌어먹을 놀이 학교에 다시 데려올 수 있을지 모르겠다고 했다!

걱정하지 말아요, 레이철. 댁의 딸은 눈 깜짝할 새에 십 대 청소년이 될 테고, 그러면 당신은 새벽 3시에 딸이 제발 임신하지 않기만을 기도하며 전화기를 뚫어지게 바라보는 귀한 시간을 보내게 될 테니까요.

소프트 플레이(키즈 카페)

우리 집 근처에는 아이들과 함께 갈 수 있는 소프트 플레이가 몇 군데 있다. 멋지고 우아하게 꾸며놓은 곳은 비용이 50파운드 정도 들고, 집에서 가까운 다른 한 곳은 약간 낮고, 더럽고, 폭력적인 분위기다. 나는 대개 후자를 택하는데, 우리 집 분위기도 그와 비슷하기 때문이다.

소프트 플레이에서 즐겁게 지낼 수 있는지는 여러분이 어떤 범주의 부모인가에 따라서 결정된다.

범주 1 나이가 좀 든 아이들의 부모로, 자리에 앉아 『그라치아Grazia』 잡지를 읽으면서 김이 피어오르는 커피를 마시는 증오스러운 인간들이다.

솔직히 말하자면, 나도 이 범주에 속해서 SNS나 하며 빈둥거리다가 때때로 버릇없이 행동한 자식 대신 건성으로 사과의 말을 외치면서 지낼 수 있으면 좋겠다.

소프트 플레이는 왜 아이들을 잔인하게 만드는 걸까. 그리고 애초에 이렇게 격렬한 하드코어 놀이가 가능한 장소를 왜 소프트 플레이라고 부르는 걸까.

어쨌든 두 번째 범주로 넘어가자. 조금 눈물이 흐르지만 내가 속한 그룹이다.

범주 2. 어린아이들을 둔 부모로, 온종일 아이 뒤를 따라다니면서 나이 많은 아이들(『그라치아』를 읽느라 너무 바쁜 부모를 둔)이 우리 아이의 머리에 드롭킥을 날리지 않도록 보호한다.

큰아들을 키울 때는 아무 문제도 없었다. 그 아이는 사방팔방 돌아다니다가 15분에 한 번씩 나한테 와서 간식을 달라고 빽빽 소리치곤 했다. 하지만 작은아들은 실망스러울 정도로 무책임했다.

여기서 작은 팁 하나. 집을 나서기 전에 스니커즈를 세 개 먹고 마라톤 선수들이 애용하는 에너지 젤 팩을 마시자. 지옥이 여러분을 기다리고 있으니까······.

난 아마 무지개 베수비오산에서 잠시 죽었던 듯하다. 내 얼굴에 주스 한 모금을 뚝뚝 떨어뜨려서 날 다시 살려준 아이에게 감사한다.

그런데 놀이 기구를 탈 때는 음식이나 음료수를 갖고 타면 안 된다고, 이 바보야!

물론 범주 1에 속하는 이들은 여러분이 실물 크기의 경품 뽑기 상자, 즉 볼 풀에서 품위 있게 빠져나오려고 애쓰는 걸 보면서 깔보는 시선을 던질 만반의 준비를 하고 있다.(예전에 볼 풀에서 반쯤 먹다 남은 초콜릿과 콧물 묻은 물티슈를 찾아낸 적이 있다. 정말 특별한 날이었다) 하지만 거기 우쭐하는 부모님들,

걱정하지 마시길! 우리 작은아들이 자신을 보호할 수 있을 만큼 크고 당신들이 마흔 살에 우연히 다시 임신해서 범주 그로 돌아가면, 나도 똑같이 해주려고 머릿속으로 다 메모해두고 있으니까!

공원

아이들이 공원에 가고 싶다고 하면 부모의 마음은 순수한 두려움으로 가득 찬다. 그곳에 아무리 오래 머물러도(3시간, 4시간, 혹은 5시간!) 집에 갈 시간이 되면 아이들은 늘 부당한 대우를 받는 것처럼 느끼기 때문이다.

그림 A
공원에 갈 때

그림 B
집에 돌아갈 때

정신이 멍해질 정도로 지루하고 운 나쁜 날에는 공원에 두 번씩 갈 때도 있다. 때로는 그곳에 두 번 온 다른 부모를 만나서 완전히 똑같은 대화를 두 번 나누기도 한다. 가끔은 영화「사랑의 블랙홀 Groundhog Day」처럼 매일매일 똑같은 하루가 반복되는 느낌이 든다. 왜냐하면 기본적으로 그게 현실이기 때문이다.

우리 동네 공원의 유아용 구역에는 아이들이 타는 그네가 네 개 있었는데, 최근에 놀이터를 수리한 후에 두 개로 줄었다. 아이들은 왜 그네를 이렇게 오래 기다려서 타야 하는지 이해할 수 없어서 바닥에 누워 발버둥을 치고 있다. 다 같이 격렬하게 항의하면서 들고일어나기라도 할 기세다.

하지만 가장 우울한 사실은 최근 6개월 동안 위와 같은 대화를 237번이나 나눴다는 것이다. 어떻게든 입을 다물고 있으려고 애써봤지만, 말이 내 입에서 굴러나오는 걸 막을 수가 없었다. 이젠 부모들끼리 나누는 잡담이 내 머릿속에서 자동으로 입출력되는 듯하다.

자기 손으로 자기 눈 찌르기.

만약 여러분이 잡담을 별로 좋아하지 않는다면 SNS에서 유명 인사를 스토킹하면서 시간을 보내는 방법도 있다. 단 여러분보다 육아를 잘하는 사람들의 비판적인 시선을 피하려면 나무 뒤에 숨어서 해야 한다.

집에서 하는 놀이

가끔은 탈출 가능성조차 없이 집 안에 갇혀서 하루를 보내는 것도 괜찮다. 비가 오거나 외출복으로 갈아입을 기운조차 없는 날 등이 그렇다.

아직 움직이지 못하는 아기들은 비교적 쉽게 집에서 즐겁게 지낼 수 있다. 점퍼루Jumperoo(세상에, 그 거대하고 흉물스러운 플라스틱 덩어리가 그립다니!)에 아무렇게나 아이를 넣어놓고 미처 보지 못한 「마스터 셰프Master Chef」 지난 회를 볼 수 있다.

좀 더 나이든 아이들의 경우에는 케이크를 굽거나 뭔가를 만드는 일에 참여하게 해서 집을 파괴할 수도 있다.

며칠 동안 자신에게 극도의 환멸을 느끼고 싶다면, 핀터레스트^{Pinterest}(레시피, 집 꾸미기, 아이들 사진, 원하는 스타일 등 이미지를 저장하고, 찾는 사이트—옮긴이)에서 새로운 아이디어를 좀 찾아보는 게 어떨까. 나는 최근에 그 사이트를 둘러보고, 손재주 좋은 엄마들의 작품 사진에 짓눌려서 구석에 쪼그리고 앉아 1시간이나 몸을 앞뒤로 흔들었다. 또 아이들은 언제든 날 위해 공예 작품을 망쳐줄 수도 있다.

우리 아이들이 평소에 좋아하는 또 하나의 활동은 바닥에서 차를 밀고 돌아다니면서 입으로 부릉부릉 소리를 내는 것인데, 이걸 좀 점잖게 표현 하면……, 정말 미치도록 지루하다!

그보다는 차라리 친절하게 아이들을 등에 태우고 호랑이나 흉내 내면서 무릎이 카펫에 쓸려 화상을 입는 편이 더 나으려나.

아니, 그건 아니다.

첨단 기술

내가 좋아하는 기술 기반 학습으로 이야기를 마무리하자. 씨비비즈는 교육적인 사이트니까 자주 이용하는 것이다. 여러분은 어떤지 모르겠지만 우리 아이들의 얼굴은 아이패드의 부드러운 빛을 받았을 때 특히 예뻐 보인다.

태블릿과 스마트폰이 존재하기 전에도 아이들을 잘 키울 수 있었겠지만, 그건 세라믹 헤어 매직기가 등장하기 전에도 마찬가지다.(사실 이건 틀린 말이다. 우리 식구들은 다 곱슬머리라서 매직기를 쓰지 않으면 앞머리 모양이 끔찍하다)

싫어하는 사람은 여전히 싫어하겠지만, 집안일을 할 시간을 벌기 위해서는 첨단 기술을 이용하는 일도 가끔은 필요하다. 그리고 일요일 점심시간에는 동네 술집에 가서 아이들이 '디지털 베이비시터'에 푹 빠져 있는 동안 피노 누아Pinot Noir 와인을 마시는 다른 부모들과 잠깐 잡담을 나눌 수도 있다. 이게 바로 이 시대 중산층의 육아 방식이다.

여기에서 가장 중요한 건 균형이다.

영국인 아이들이 미국식 악센트로 말하기 시작하고 '유튜버'가 인간을 지칭하는 다른 이름이라고 생각하기 시작하면, 그때는 첨단 기술 이용 시간을 줄여야 한다.

방금 쓰레기통^{Trash can}에 사탕 껍질 버렸어요, 엄마.(미국식 영어에서는 쓰레기통을 트래쉬 캔이라고 하고, 영국식 영어에서는 더스트빈^{Dustbin}이라고 함-옮긴이)

앞으로 일주일 동안 아이패드 금지야.

망할.

(사실 앞의 그림은 정확한 게 아니다. 내 아들은 자발적으로 쓰레기통에 뭘 버리는 법이 절대로 없으니까) 내가 말하고자 하는 요점은 앞서 이야기한 활동을 자주 할 경우, 마지막으로 첨단 기술을 이용하는 방법을 조금 쓰는 데 죄책감을 느낄 필요가 없다는 거다. 여러분의 자녀도 우리 아이들과 같다면 태블릿을 보는 시간을 스스로 단속하며, 대부분 태블릿을 보는 것보다는 광선검으로 엄마 엉덩이 찌르는 걸 더 좋아할 것이다.

그래도 여전히 고민된다면 그냥 마음 가는 대로 하면서 아이들을 위해

기도나 좀 해주자. 나도 그렇게 하고 싶지만, 나는 기후 변화 같은 현실 세계 문제와 드라마「브레이킹 배드Breaking Bad」에 나오는 제시가 결국 자기 인생을 되돌릴 수 있을지 걱정하느라 너무 바쁘다.

# #
꿀 같은 낮잠이여, 안녕

장미는 빨갛고,
제비꽃은 파랗지.
난 다시는 낮잠 자지 않기로 했다네.
그러니 엿 먹으시길!

아이들이 낮잠을 잘 때가 좋았다.(그렇다, '좋았다'라고 과거 시제로 말한 게 맞
다) 자신을 위한 멋진 일을 할 수 있는 시간이니까······. 그러니까
식기 세척기의 그릇을 정리하거나 밀린 빨래를 해치우는 일 말이다.
큰아들이 두 돌이 되기도 전에 낮잠을 전혀 자지 않자, 공정한 낮잠 분
배라는 위대한 계획에 일시적으로 문제가 생겨서 이렇게 심각하고, 부

당한 사태가 발생했다고 여겼다. 그런데 작은아들까지 똑같이 행동하자 그런 계획은 애초에 존재하지 않았다는 걸 깨달았다.

난 그냥 이해가 안 되는 것뿐이다! 왜 아이들은 행복하고, 느긋하며, 활력을 되찾아주고, 아늑하고도 편안한 (음, 이쯤 해두자) 낮잠을 자지 않으려고 하는 걸까. 아이들한테 물어볼 수만 있다면……

나: 어, 그냥 궁금해서 그러는데…… 왜 더는 낮잠을 자고 싶지 않은 거니?

작은아들: 할 일이 있어서요. ㄴ/개월이 되면 어떤지 아시잖아요. 세상이 너무 신선하고 흥미롭다고요!

나: 네 또래의 다른 아이들은 대부분 낮잠을 자는데…….

나: 제 또래의 다른 아이들은 다들 바보거든요.

나: 낮잠을 잔다고 해서 네 약한 모습이 드러나는 건 아니야. 점심을 먹은 뒤에 잠깐 자는 건 아주 정상적인 일이란다.

작은아들: 정상은 무슨.

나: 육아서를 보면 아이들은 대부분,

작은아들: 빌어먹을 육아서.

나: 세 살 무렵까지 계속 낮잠을 잔대!

작은아들: 내 말 못 알아들어요? 낮잠은 얼간이들이나 자는 거라고요!

나: 낮잠을 자면 기분이 훨씬 나아질 거야······.

작은아들: 그 바보 같은 헛소리를 중단하면 기분이 훨씬 나아질 걸요!

나: 나도 낮잠이나 좀 잤으면 좋겠다.

작은아들: 다시 한번 말하는데요······ "아, 미치겠다, 흑흑흑. 짜증나 죽겠어" 하며 쉴 새 없이 불평하는 걸 멈추지 않으면 아침 기상 시간을 새벽 4시로 바꿀 거예요.

나: 알았다, 알았어. 우리 제발 그런 극단적인 행동은 하지 말자! 그냥 내가 생각하기에 네 나이에는,

작은아들: 아, 헛소리 좀 그만해요. 엄마가 누굴 위해서 그런 말을 하는지 우리 둘 다 알잖아요. 내가 낮잠을 자면 가장 큰 이익을 얻을 사람이 누굴까요, 네??

나: 무슨 말인지 모르겠는데?

작은아들: 엄마가 『스타일리스트Stylist』 잡지를 초조하게 움켜쥐고 케이블 텔레비전 셋톱박스를 쳐다보고 있는 거 알아요. 화장실도 가고 싶은가 보군요······. 내가 잠들 때까지 기다리면 엄마 마음대로 할 수 있다고 생각하는 거죠?

나: 말도 안 돼. 마치 나 혼자 화장실에 가는 게 엄청난 사치라도 되

는 것처럼 말하는구나!

작은아들: 그렇지 않나요?

나: 그렇긴 하지만······.

작은아들: 대체 뭘 하려는 거죠? 어젯밤에 방송한 「메이드 인 첼시 Made in Chelsea」? 「어프렌티스The Apprentice」? 전자레인지에 세 번씩 데우지 않고 마시는 맛있는 커피 한 잔?

나: 난 그저 널 위해서 하는 말이야!

작은아들: 좋아요, 난 낮잠을 자지 않을 거니까 더는 신경 쓰지 마세요. 날 억지로 아기 침대에 눕히면 머리가 이상해져서 침대 밖으로 몸을 던질 거예요. 또 응급실에 가서 자초지종을 설명하고 싶지는 않겠죠?

나: 그건 싫어.

작은아들: 좋아요, 그럼 상황을 더 명확하게 설명해드리죠. 난 어린이집에서 낮잠을 자고, 밥도 어린이집에서 먹어요. 집에서는 낮잠을 안 잘 거고 밥도 안 먹을 거예요! 알아들었어요?

나: 응, 조금은. 그런데 그걸 반대로 해서 집에서 조금 더 협조적으로 행동할 생각은 없니?

작은아들: 엄마는 어떻게 생각해요?

나: 안 되겠지?

작은아들: 그래요. 정리되었군요. 이제 공원에 갈 시간이에요. 얼른 갑시다, 우리!

나: 하지만 비가 오는데.

작은아들: 공원에 갈 시간이라고 했잖아요!!!!!!!!!!!!!!!!

나: 비가 오는데 공원에 갈 만큼 멍청한 짓을 하는 사람은 우리뿐일 테니까 사람들이 날 이상하게 볼 거야······.

작은아들: 비옷. 입어요. 당장.

나: 제발.

아, 그리고 이 파트를 읽으면서 아이가 다시 낮잠을 자도록 유도하는 팁

을 원한다면 엉뚱한 데를 찾고 있는 것이다. 상황은 이미 종료됐다.*
내 생각에 자기도 그 이유를 전혀 이해하지 못하면서 누군가에게 자야 한다고 설득하는 것만큼 어리석은 일도 없는 것 같다. 그 누구라도 그런 일에 낭비할 시간은 없다.

*오후 5시 45분이라는 부적절한 시간에 낮잠을 자거나 목적지에 도착하기 3분 전에 차에서 잠드는 경우도 물론 많다.

# #
전부 다 하고 싶어요
(하지만 모두 망치고 있네요)

엄마가 되고 난 뒤 해야 하는 가장 중요한 결정 가운데 하나는 출산 휴가 후 직장에 복귀할 때가 되었을 때 어떻게 할지 정하는 것이다. 고려해야 하는 요소가 너무나도 많다. 경제적인 문제를 해결할 수 있나, 아이들은 어떻게 돌보나, 사장님이 융통성이 있는가, 아기가 아프면 어떻게 해야 하나, 새로운 업무용 노트북에 실수로, 혹은 고의로 사과 주스를 엎질렀을 때 상사가 이해해줄까, 머리카락에 시리얼이 붙은 채로 출근해도 괜찮을까, 아직 '브레인스토밍'을 할 수 있고, '체계가 잘 잡혀 있으며' '가장 쉽게 달성할 수 있는 목표를 겨냥해서' '전체론적인 접근 방식을 개발할' 수 있을까, 무엇보다 중요한 건 일에 관심이 있기는 한가.

아이가 생기면 일하기가 더 어려워지는 게 틀림없는 사실이다. 하지만 자기가 원하는 이상적인 엄마가 되는 동시에 도움이 되는 경력을 쌓을 수 있을까. 그걸 전부 가진다는 게 정말 가능한 일인가.

이 주제를 가지고 이야기할 때마다 감정이 치솟기 때문에 토론하기 가장 까다로운 주제 중 하나가 아닐까 생각한다. 이 세상의 모든 엄마는 본인의 취업 상태에 따라 제각기 다른 문제를 겪게 된다.

전업주부

먼저 집에서 아이들과 함께하기로 한 엄마에 관해 이야기해보자. 아마 그녀는 아이 키우는 걸 우선시해서 경력을 포기했거나 처음부터 육아에만 집중했을 거다. 이 엄마는 자기가 원하는 일을 하고 있으니 아이를 쉽게 키울 수 있을까? 아니다. 그리고 문제는 사람들이 그녀를 게으르고

의욕이 부족하다고 여기거나, 직업윤리 면에서 아이들에게 모범이 되지 않는다고 여긴다는 사실이다. 사람들이 그녀에게 무슨 일을 하느냐고 물으면, 그녀는 고분고분하게 "아, 전 그냥 아기 엄마예요"라고 대답할 것이다. 세상에 '그냥' 엄마란 없다. 이 여성은 아이에게 헌신하는 대단한 사람인데, 그런 그녀에게 "온종일 뭐 하느냐"고 묻는 행위는 위험한 것이다.

어쩔 수 없이 집에 있는 엄마

이런 엄마를 보면 안타까운 마음이 든다. 그녀는 의욕도 있고 경험도 있으며 회사에 기여할 것도 많지만, 그녀가 지원하고자 하는 회사는 융통성이 없고, 아이들을 키우면서 다니기에 적합하지 않거나 육아비를 충당할 수 있을 만한 월급을 주지 않는다. 그녀는 아이들과 함께 시간을 보낼 수 있다는 걸 감사하게 여기지만, 경력 단절 여성의 직장 복귀를 지원하는 일에 집중하지 않는 사회에 실망하고 있다.

워킹맘

이 엄마는 경력을 중요시한다. 때로는 아이들의 어린 시절을 놓치는 것에 죄책감을 느끼기도 하지만, 전업주부는 자신과 어울리지 않는다는 사실도 알고 있다. 그렇다고 그녀의 자녀를 안타깝게 여길 필요는 없고(훌륭한 보살핌을 받고 있으니까) "애초에 왜 아이를 낳은 것이냐"고 물을 필요도 없다.(그녀는 아이들을 열렬히 사랑하니까) 결국 그녀는 아이들이 행복하려면 자기가 행복해야 한다는 걸 알고 있고, 그녀의 가족에게는 그쪽이 어울리는 것이다.

어쩔 수 없이 일하는 엄마

일하고 싶지 않은데 가족을 위해 어쩔 수 없이 일해야 하는 이 엄마는 정말 가엽다. 엄마가 일하지 않아도 될 만큼 생활에 여유가 없는 것이다. 그녀는 아예 집에 있거나, 근무 시간을 줄이고 싶기 때문에 자신의 어쩔 수 없는 '선택'에 우울하다. 만약 여러분이 이런 처지라면 자신을 너무 몰아붙이지 말고 좀 느긋하게 생각하자.(그리고 본인을 위해 큰 병에 든 술을 사다 놓자)

파트타임으로 일하는 엄마

이 엄마는 양쪽 세계의 가장 좋은 점만 누리고 있지 않은가. 일과 부모 역할 사이에서 완벽한 균형을 유지하고 있는 것처럼 보인다. 하지만 안타깝게도 파트타임 업무가 파트타임으로 끝나는 법은 잘 없기 때문에, 근무 시간 안에 모든 일을 마치려고 고군분투하는 경우가 자주 생긴다. 그리고 결국 자기가 사장님과 가족 모두를 실망하게 만들고 있다고 느끼게 된다. 그녀는 아주 훌륭한 자격을 갖추고 있음에도 사장님이 보여주는 융통성(헛소리)에 지나치게 고마워하거나, 풀타임으로 일하는 동료들에 비해 임금 인상이나 승진을 요구할 자격이 없다고 느끼기도 한다.

자영업자 엄마

자영업자 엄마에게는 여러 가지 이점이 있다. 자기가 본인의 고용주이기 때문에 일하는 시간을 비교적 마음대로 선택할 수 있으니 아이들을 학교에 데려다주거나 학급 회의에 참석할 수 있다. 하지만 자영업자 엄마의 문제는, 아이들이 필요로 할 때 항상 곁에 있어 줄 수 있기 때문에 혹시 그러지 못하는 상황이 생기면 죄책감을 느낀다는 것이다. 그녀는 아이들을 중심으로 자기 일을 조정하고, 저녁 시간을 쪼개서 일하다가 자정이 되어서야 겨우 침대에 기어 들어가며, 자신의 불안정한 수입 때문에 스트레스를 받는다. 자영업자 엄마도 위에서 이야기한 다른 엄마들처럼 피로에 지쳐서 녹초가 된다.

풀타임으로 일하는 아빠

판단할 사항 없음. 아, 아빠 노릇 좀 해요!

집에 있는 아빠

이런 부류의 아빠들은 백수라며 맹공격을 받을 것으로 예상하는데, 사실 남자인 자신의 경력이 파트너의 경력보다 더 중요한 건 아니라는 사실을 깨달았다는 점에서 찬사를 받아야 한다.

그렇다면 문제는 이 중에서 가장 일을 쉽게 하는 사람이 누구인가 하는 것이다.

나는 전업주부였고, 파트타임으로 일하는 엄마였으며, 지금은 집에서 일하는 자영업자 엄마다. 수많은 찬반양론을 직접 겪어봤고 이 엄마들이 모두 엄청나게 애를 쓰고 있는 현실도 안다. 그 누구도 쉽게 일하는 사람은 없으며, 특히 우리가 서로를 도와주지 않을 때는 더욱 그렇다.

좋은 엄마가 되기 위해 가장 중요한 건 자신의 정신 건강과 행복을 최우선 과제로 삼는 것이다. 개인적으로 나는 일을 해야 하는 필요성을 매우 강하게 느꼈고, '부모로서의 존재' 밖에 있는 열정을 중요시한다. 그것만으로도 혼란스러운 내 머릿속에서 문제가 발생한다.

내 경우에는 내가 행복해지기 위해서 전업주부가 될 수 없었다. 그렇게 하는 이들을 정말 존경하긴 하지만, 내 아이들은 나의 진짜 모습을 알고 이해해야 한다. 난 아이들의 꿈뿐만 아니라 나 자신의 꿈에도 전념해야 하는 사람이다. 하지만 일을 하는 데 가장 어려운 문제는 한꺼번에 너무 여러 가지 일에 신경을 쓰다가 결국 모든 일에 다 실패하고 말 거라는 생각이 종종 든다는 점이다. 난 좋은 엄마도, 아내도, 친구도, 노동자도 아니다.

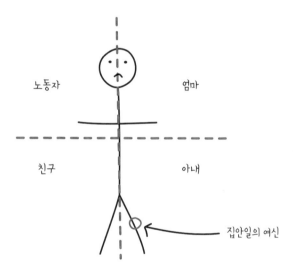

내 왼쪽 무릎 위 어딘가에는 집안일의 여신도 존재한다. 평소에는 무시

받는 그 작은 존재는 나한테 애플파이를 구워야 한다고 계속 속삭인다. 하지만 그런 일은 절대 일어나지 않을 것이다.

일하는 날에 아이들과 떨어져 지내는 시간을 고대하는 내가 나쁜 엄마라고 할 수도 있겠지만, 아이들과 떨어져 있는 걸 감사하게 여기면서 일에 집중해야 할 시간에 아이들을 그리워하는 것이야말로 더없이 어리석은 일이다. 그건 부모라는 역할이 뇌에 미친 심각한 악영향이다.
탈출하고 싶은 욕구, 죄책감, 걱정, 일을 제대로 하지 못한다는 끊임없는 의구심. 이걸 대체 어떻게 이해해야 할까.
그리고 아이들과 함께 집에 있는 날에는 최고의 엄마가 되어 함께하지 못한 시간을 모두 보상해줘야 한다는 생각이 든다. 하지만 내가 최고의 엄마가 되는 건 불가능한 일이다. 왜냐하면 늘 머리를 돌담에 부딪히고 있는 기분이기 때문이다. 재미없다고 생각되는 일이라면 무조건 비협조적인 태도로 반항하는 아이들에 지칠 대로 지쳤다. 서른일곱 번이나 같은 말을 반복하는데도 여전히 무시당하는 내 목소리에도 진절머리가 난다.
머릿속으로는 절대 그러면 안 된다고 생각하면서도 지나치게 고함을 많이 지르는(이번에도) 나 자신에게 실망한다. 제발 아이 발에 저절로 신겨지는 신발을 발명해줄 사람 어디 없을까. 그거 하나만 있어도 훨씬 도움이 될 텐데!

……그리고 엄마가 말했을 때
바로 신발을 신으면……
엄마가 화를 낼 필요가 없잖니!!!

때로는 부모들은 완벽해야 한다며 자신에게 너무 많은 부담을 준다는 생각도 든다. 하지만 우리는 한낱 인간일 뿐이므로 무한한 인내심을 갖고 있지 않고, 항상 옳은 말만 할 수도 없다. 우리가 맡은 소임이 너무 많고 명령을 내리는 상사도 많다는(어떤 상사는 다른 이들보다 더 혹독하다) 사실을 인정해야 한다. 또 그러다 보면 일이 엉망이 될 수밖에 없는 현실도 받아들여야 한다.

하지만 우리는 나름의 방식을 통해, 우리가 늘 아이들 곁에 있을 것이고,

그들을 사랑한다는 걸 전해서 아이들을 안심시킨다. 오후에 함께 공원에 가거나 책을 읽으며 느긋하게 보내거나 퇴근한 뒤 꼭 안아주는 방식으로 말이다. 우리가 고안한 방식들은 우리가 아이들과 얼마나 오랜 시간을 함께하든 상관없이 아이에게 필요한 안정감을 준다.

내가 모두 완벽하게 계산해서 처리하고 있다고 말하려는 게 아니다. 때로는 접시를 사방으로 떨어뜨리는 기분이 드는 게 사실이다……

그래도 온종일 떨어져 있던 어여쁜 두 얼굴이 5초 만에 나를 향해 달려
오는 걸 보면, 깨진 접시들이 별로 중요하게 느껴지지 않는다.
이걸 완벽한 타이밍이라고 한다.

내가 늘 아이들과 함께 있는 건 아니고, 때로는 함께 있는 순간에도
제대로 양육하는 게 서툴다. 하지만 J도 서툴기는 마찬가지다⋯⋯.
그리고 아이들도 거의 모든 시간을 서툴게 행동하며 보낸다. 그날그날의
운에 따라 우리의 서툰 행동이 모여서 만들어낸 거대한 공 안에서 다
함께 뒹굴기도 한다. 하지만 우리는 서로를 사랑하고, 사랑은 언제나*

서툰 행동들을 이겨내니까 상관없다.

그러니까 비록 이 모든 일을 완벽하게 처리하는 방법을 알아내지는 못했어도(지금도 상당 부분이 엉망으로 돌아가고 있다) 지금 우리가 가진 것만으로도 충분하다는 사실은 안다.

* 적어도 전체 시간 중 97퍼센트 정도는.

# #
'렛 잇 똥!'

똥에 대한 글을 쓰는 게 좀 망설여지기는 하지만(다들 아는 아주 명백한 이유로) 여러분이 어린아이를 키우는 부모라면 똥과 오줌에 대한 언급을 피할 방법은 없다. 그건 여러분 인생에서 아주 중요한 부분이 될 것이다. 우리 아이들이 이 화제에 집착하기 때문에 다른 이야기는 전혀 나누지 않는 기분마저 들 정도다.

나: 저녁으로 뭐 먹고 싶니?

작은아들: 똥!

큰아들: 하하하, 그리고 오줌도!

작은아들: 똥이랑 오줌!

큰아들: 방귀랑 똥이랑 오줌이랑 엉덩이!

나: 엄마는 진짜 음식을 생각하고 있었는데?

작은아들: 냄새나는 엉덩이 방귀!

큰아들: 구역질 나는 커다란 똥이랑 마실 수 있는 오줌이랑 냄새나는 방귀 잔뜩 주세요!

나: 알, 알았다.

(이런 대화가 끝도 없이 이어질 수 있는데, 만약 여러분이 부모라면 내 말이 무슨 뜻인지 이해할 거다…… 언젠가는 진짜 아이들이 말한 걸 차려주고는 얼마나 좋아하는지 지켜볼지도 모르겠다) 어쨌든 이게 끝이 아니다. 작은아들은 아주 애정이 넘쳐흐르는 순간에 날 "엄마 똥"이라고 부르고, 아이들이 요새 가장 좋아하는 소일거리 중 하나는 노래 가사에 배설물을 집어넣어서 개사하는 일이다.

그런 모습을 실제로 보면 재미있지 않느냐고? 뭐, 가끔은.

아, 똥에 대한 아이들의 크나큰 관심 때문에 변기 사용 훈련이 쉬울 거로 생각할지도 모르겠다. 하지만 흠······ 반드시 그렇지만은 않다. 두 아들 모두 기저귀 떼기에 관심을 보이지 않았다. 친구네 아이들은 멋진 속옷에 흥분해서 스스로 훈련에 돌입하는 모습도 봤지만, 우리 아이들은? 전혀.

아이들이 두 살쯤 됐을 때 변기를 처음 보여준 뒤, 사용하고 싶으냐고 자주 묻되 아이들이 준비되기 전까지는 억지로 시키지 말라는 조언을 따랐다. 문제는 몇 달이 지나도 계속 "싫어!"라는 대답만 돌아왔다는 데 있다. 화장실에 가려고 고양이 털을 한 줌 뜯어내는 재미있는 장난을 중단할 이유가 어디 있겠는가. 어차피 다른 사람이 해결해줄 텐데.(고양이 피클의 명복을 빈다. 하느님, 그녀의 영혼을 돌보소서)

큰아들이 두 살하고도 9개월이 지나자 충분히 기다렸다고 판단한 나는 이제 이를 악물고 해봐야겠다고 생각했다. 하지만 불행히도 그 시점에 나는 모유 수유를 하는 12주 된 아기와 씨름하고 있었다. 아이들은 이런 상황에서 온갖 꾀를 다 짜낼 수 있다……

작은아들도 비슷한 나이에 변기 사용 훈련을 했는데, 이 아이가 즐겨

쓰는 수법은 바닥에 오줌을 싼 뒤 애니메이션 캐릭터 페파 피그^{Peppa} ^{Pig}처럼 그 위에서 펄쩍펄쩍 뛰는 것이었다.

하지만 욕조에서 맨손으로 똥을 퍼내거나 다른 사람이 똥을 누도록 격려하려고 변기 앞에서 치어리더를 흉내 내야 할 때가 되면, 부모라는 비천한 역할이 새로운 수준에 도달했다고 볼 수 있다.

이 그림은 아이가 생기면 엄마가 얼마나 인간의 존엄성을 잃어버리는지 보여준다.

두 아들에게 변기 사용 훈련을 시킬 때 내가 사용한 무기는 초콜릿 버튼이었다. 둘째 때는 뇌물 양이 두 배로 늘었다. 한 아이에게 초콜릿 버튼을 주면서 다른 아이에게 주지 않는다는 건 사실상 불가능하기 때문이다. 덕분에 큰아들은 동생의 방광과 배변에 매우 건전한 관심을 두게 되었다. 작은아들이 거실 바닥에 엄청난 양의 똥을 싼 어느 날 큰아들이 던진 질문은······

미안하지만 아이들아, 내 대답은 "절대 안 돼"야. 물론 엄마는 이따가 와인을 마실 거지만.

요즘에는 우리 집 아이들도 기저귀 없이 지내고 있다는 이야기를 들으면 반가울 것이다. 아이들이 나이가 좀 들 때까지, 그리고 둘 다 초콜릿 버튼에 열광하게 될 때까지 기다리는 일의 장점은 아이들이 비교적 쉽게 일을 본다는 것이다. 비록 지금도 둘 다 노는 데 정신이 팔려서 자기 방광이 책임을 다하도록 배려하지 못할 때는 가끔 오줌을 싸기도 한다. 그리고 엉덩이를 닦아주는 문제도 있다. 나와 아이들 아빠가 둘 다 집에 있을 때, 큰아들은 누가 그 영광을 차지할지 선택하는 걸 좋아한다. 마치 그게 사람들이 매우 탐내는 상이라도 되는 것처럼 말이다.

"좋아요, 난 똥을 눌 건데 다 누면 엄마 아빠 중에 누가 내 엉덩이를 닦아줄지 선택할 거예요. 끝나면 이름을 크게 부를게요. 알았죠?"

오, 나를 골라줘, 나!

또 둘 다 배변 과정을 이야기하는 걸 지나치게 좋아한다.

"나와요. 나와요. 아주 큰 거예요! 엄마 사랑해요오오! 엄마는 세계 최고의 엄마에요오오오!"

정말 감동적이지 않은가?

그리고 일을 다 보고 나면 변기 속을 들여다보면서 자기가 싼 똥과 가장 닮은 동물이나 탈것이 뭔지 설명하려고 한다.

아니, 난 사양할게. 네가 그렇다면 그런 거겠지.

언제부터 똥을 누는 게 그렇게 사회적인 사건이자 중요한 대화 기회가 되었을까. 당연히 그건 고독한 사건이어야 한다. 제 생각을 모으고 인생을 숙고하는 순간. 지금은 그걸 당연하게 여겼던 지난날을 애석하게 여기면서 방해받지 않고 똥을 눌 기회를 얻을 수만 있다면 뭐든지 다 내줄 정도가 되었다. 정말 단순한 삶 아닌가.

하지만 절대 그런 일은 없을 것이다······.

# #
두 아이 키우기

큰아들이 아주 어릴 때 '대체 사람들은 왜 아이를 둘 이상 낳는 거지?'라고 생각했던 기억이 난다. 아기를 처음 키우느라 너무 힘들고 지쳤을 때라서 아이를 더 낳는 것의 장점이 뭔지 도저히 알 수가 없었다. 하지만 아이가 돌이 지나 돌보기가 쉬워지고 정말 사랑스럽게 느껴지자, 갑자기 둘째를 낳는 게 좋은 아이디어처럼 느껴지기 시작했다. 한

살은 정말 귀여운 나이 아닌가. 그리고 신생아 시기가 지난 지 벌써 꽤 됐기 때문에, 그 시절을 좀 더 호의적인 시선으로 되돌아보면서 "그래, 그렇게 나쁘지는 않았어"라든가 "그때 정말 예뻤지" 같은 말들을 하게 되는 것이다.

경고 이건 아이들이 여러분을 속이기 위해서 하는 행동이다!

하지만 우리는 늘 아이를 둘 이상 갖고 싶어라 했고 또 돌이켜 생각해보면…… 그렇게 나쁘지만은 않았다. 아니 실은 상당히 즐거웠다.(아니야!) 어쨌든 간단히 말해서 이런 생각이 들기 시작하고 그에 따른 생물학적인 과정이 진행되면, 두어 달 뒤에는 다시 덤불 뒤에 숨어서 헛구역질하게 된다.

그 일을 다시 겪으면서 내가 알게 된 사실은, 두 번째부터는 자신의 임신에 기울이는 관심이 훨씬 줄어든다는 것이다. 첫째 때는 '태아가 하루하루 성장하는 모습을 관찰할 수 있는' 책을 자세히 탐독했다. 그래서 태아의 정확한 크기와 현재 어떤 신체적 발달이 진행되고 있는지 속속들이 다 알았다.

둘째 때는? 아는 게 하나도 없었다. 그래서 사람들이 "아기가 잘 크고 있군요. 지금 임신 몇 주 차인가요?" 같은 복잡한 질문을 하면 약간 어색한 침묵이 흐르기도 했다.

자기가 임신 전기, 중기, 후기 중 어느 시기에 속하는지 기억할 수 있다면 꽤 훌륭한 거다. 만약 기억나지 않는다면 과일이나 채소를 하나 고른 다음 거기에 몇 가지 신체적 특징을 덧붙여서 대답하는 게 좋다. 예를 들면 이런 식이다.

"네, 아주 잘 자라고 있어요. 꼭 속눈썹 달린 아보카도 같다니까요. 아니, 손톱이 달렸다고 해야 하나. 뭐가 되었든 상태가 아주 좋아요."

뭐라고 대답하든 상관없다. 어차피 아무도 여러분의 대답에 관심이 없으니까.

이 그림을 스마트폰 잠금 화면으로 만들어서 사용해도 좋다. 최고의 피임

수단으로 *100퍼센트* 효과를 발휘할 것이다. 그 화면만 봐도 다시는 섹스를 하고 싶지 않을 테니까 말이다. 절대.

어쨌든 5분처럼 짧게 느껴지는 시간이 지나고 나면 갑자기 아기가 생겼다는 사실을 깨닫고 놀라게 될 것이다. 어쩌면 아이를 하나 더 갖는 것도 괜찮겠다는 생각을 안겨줬던 귀여운 한 살배기가 부모에게 끔찍한 악몽을 선사하는 두 살이 되면서 상황이 더 악화될 수도 있다. 난 이런 상황을 원한 적이 없지만, 이제 후회하기엔 너무 늦었다.
그리고 둘째를 낳을 때의 경험은 모든 게 처음이던 첫째 때와는 완전히 다르다.

첫째 아이— 퇴원해서 집에 돌아오면 소파에 누워 편안하게 낮잠을 즐길 수 있다.
둘째 아이— 퇴원해서 집에 돌아오면 죄책감에 사로잡혀서 첫째와 함께 지루한 소방관 놀이를 하면서 갓난아이에게 젖을 먹여야 하고, 그러는 동안 잠이 들거나 이성을 잃지 않으려고 애써야 한다.

첫째 아이— 감당하기 힘들 정도로 많은 선물과 방문객, 주위의 사랑,

음식, 아기를 봐주겠다는 약속을 받는다.

둘째 아이— 다들 어디 있는 거지?! 뉴스 속보: 아무도 아기의 탄생에 신경 쓰지 않는다.

첫째 아이— 유기농 천으로 만든 새 옷이 가득한 옷장. 깨끗이 빨아서 다림질하고 개어놓은 옷.

둘째 아이— 더러운 얼룩이 밴 아기 옷.

첫째 아이— 날마다 DSLR로 사진을 아흔일곱 장씩 찍고, 아기의 성장 과정을 매일 꼼꼼하게 기록한다.

둘째 아이— 어, 아마 SNS에 사진을 한두 장쯤 올렸던 것 같기도 하고? 처음으로 이가 난 것도 다른 사람이 말해줘서 겨우 알게 되었다.

첫째 아이— 완벽하게 짜놓은 수유 및 낮잠 스케줄.

둘째 아이— 둘째에게 젖을 먹이고 낮잠을 재우는 건 첫째가 미친 듯이 날뛰지 않을 때만 가능하다.

첫째 아이— 맙소사! 어떻게 해! 아기가 코를 훌쩍이면서 숨을 못 쉬어! 서둘러, 당장 응급실에 가야 해.

둘째 아이— 저런, 팔(혹은 다리)이 빠졌네. 괜찮아, 그냥 다시 끼우면 되지 뭐.

첫째 아이— 미친 듯이 살균에 신경 쓴다.

둘째 아이— 바닥에 떨어진 음식도 3초 안에 다시 주워 먹으면 괜찮다는 규칙을 받아들인다.

첫째 아이— 좋은 노래와 도덕적인 이야기가 등장하는, 아이의 월령에 맞는 텔레비전 프로그램을 신중하게 선택한다.

둘째 아이— 큰 아이가 보고 있는 거라면 뭐든지 같이 보게 한다. 약간의 살인과 폭력이 딱히 누구에게 해가 되는 건 아니잖은가.

첫째 아이— 유기농 재료로 직접 만든 음식을 애정을 담아 준비한다.

둘째 아이— 패스트푸드점에서 파는 감자튀김도 소금만 핥아 먹고 주면 괜찮다.

첫째 아이— 온종일 온갖 아기 교실과 놀이 학교에 참여하기 때문에 아기에게 친구가 많다.

둘째 아이— 첫째가 가는 곳이면 어디든 끌려다녀야 하는 신세이기 때문에 따로 사귄 친구가 없다.

첫째 아이— 직접 만든 장식용 깃발과 수박 조각, 샴페인 폭포, 진짜 불을 뿜는 용, 「꼬꼬마 꿈동산」에 나오는 유명 캐릭터들의 깜짝 방문, 그의 지저분한 절친 뚜뚜 데이지Upsy Daisy(「꼬꼬마 꿈동산」에 등장하는 캐릭터—옮긴이)가 있는 사치스러운 돌잔치.

둘째 아이— 음······ 둘째한테까지 신경 쓸 겨를이 없었다.

이걸 읽으면 아마······ '저런, 부모에게 방치된 불쌍한 둘째(슬픈 얼굴) 같으니라고' 뭐 이런 생각이 들지도 모르겠다. 하지만 여기서 정말 중요한 주제는 자녀 방치나 시간이 부족한 부모가 아니라, 아이 키우는 법을 깨우쳐서 사소한 일에 스트레스를 받지 않게 된 부모의 모습이다. 물론 갓난아기와 (제멋대로 구는) 어린아이를 같이 키우려면 아이를 한 명 키울 때보다 훨씬 힘들다는 걸 고려해야 하고, 이는 여러 물리적인 부분에서도 마찬가지다. 두 명을 데리고 다녀야 하고, 챙겨야 하는 물건도 두 배이며, 두 개의 방광을 신경 써야 하고, 두 명이 쏟아내는 서로 다른 요구를 들어줘야 한다. 도움을 받을 수 있는 곳은 적어지고 인내심은 더 많이 요구된다. 그리고 물론 술도 더 필요하다!

그러나 나는 내가 무슨 일을 하는지 알고 있었고,(보통은) 그것만으로도 제로에서 하나가 되는 것보다는 하나에서 둘이 되는 편이 훨씬 덜 무서웠다. 둘에서 셋이 되는 건 더 쉽다는 이야기도 들었지만, 내가 직접 나서서 알아볼 생각은 없으니까 그들의 말을 그냥 믿으려고 한다. 물론 아주 작고 귀여운 아기를 보면 셋째 생각이 들지만 말이다⋯⋯.

하지만 지금은 두 아이가 있고 나는 그 둘에 만족한다. 애초에 둘째를

낳자고 결심하게 된 결정적인 이유이자 가장 큰 장점은 큰아들에게 형제가 생긴다는 것이었다. 큰 아이에게 많이 사랑받는 형제자매가 있으면 함께 놀 수도 있고 자신의 속마음을 털어놓을 수도 있는…… 평생의 친구가 저절로 생기기 때문이다!

하지만 내 육아 경험이 대부분 다 그렇듯이 이것도 계획한 대로 흘러가지는 않았고, 큰아들은 가족으로 새롭게 추가된 구성원에게 즉각적인 반감을 품었다. 형과 누나가 동생을 처음 만나는 귀여운 순간을 담은 사진들이 SNS에서 올라오는 걸 자주 봤지만, 우리 집에서는 그런 장면을 절대 볼 수 없었다. 초반에 둘이 같이 있는 모습을 담은 유일한 사진은 아이패드에 완전히 정신이 팔려서 동생을 밀쳐낼 가능성이 작을 때 큰아들의 팔에 작은아들이 기대고 있는 모습을 찍은 것이다.

아이들이 자라는 동안 주변을 살펴보니, 서로 친하게 지내면서 상대를 보살펴주는 형제자매도 있고, 방 양쪽 끝에 떨어져 앉아서 서로를 완전히 무시하는 게 최선의 시나리오인 형제자매도 있다는 걸 알게 되었다. 우리 집은 후자에 속한다. 야호!

요즘에는 둘 사이에 좀 우호적인 분위기가 흐르기도 하지만, 지금도 둘만 놔두고 자리를 뜨면 5초 안에 전면전이 벌어질 것 같은 느낌이 든다. 내가 차를 끓이거나, 빨래를 널거나, 중요한 전화 통화를 하는 동안 아이들이 자주 말싸움을 벌이는 주제를 다섯 가지만 살펴보자.

"그건 내 거야!"와 관련된 말싸움

그 대상이 무엇인지는 중요하지 않다. 쓰레기통에서 꺼낸 돌돌 뭉친 낡은 잡지 조각이든 뭐든 상관없다. 그저 한때 자기 손에 있던 물건을 다른 누군가가 건드리면 그걸 다시 돌려받을 때까지 난리를 쳐댄다. 그리고 일단 다시 돌려받으면 애초에 그걸 원한 적이 없기 때문에 즉시 버릴 수도 있다. 이는 분명한 사실이다.

또 자기가 갖고 노는 물건을 다른 사람이 쳐다봐서(헉!) 위협을 느끼는 경우에도 이런 행동을 보인다.

텔레비전과 관련된 말싸움

"쟤는 자기가 보고 싶은 프로그램을 2편이나 봤는데 난 1편밖에 못 봤
어요" "쟤가 텔레비전 앞에 서 있어서 볼 수가 없잖아요" "내가 보던
프로그램이 아직 끝나지도 않았는데 텔레비전을 껐어요" "쟤가 고함을
질러서 텔레비전 소리가 안 들려!!" 등.

둘 다 즐겁게 볼 수 있는 프로그램을 찾아서 둘을 분별 있게 소파에 앉
혀놓아도 곧바로 이런 상황이 발생한다.

근접성과 관련된 말싸움

평화 유지를 위해 내가 같이 앉아 있으면, 이번에는 내가 마치 고기 조각이라도 되는 것처럼 날 두고 싸운다⋯⋯.

"내가 먼저야!"와 관련된 말싸움

이 문제를 회피하는 기술은 이미 프로가 되었다고 자부한다. 마치 어른들을 위한 만찬에서 음식을 나를 때 쓰는 기술과 비슷한데, 아이들의 음식과 음료와 간식을 동시에 테이블에 내려놓는 것이다.

물론 '누구를 먼저 차에서 내려주는가' 하는 문제로 인해 발생한 폭풍을 잠재울 방법은 없지만, 이건 매우 중요한 문제다. 상대보다 10초 더 인도에 서 있을 수 있는 너무도 탐나는 상을 얻기 위해서라면 누군들 필사적으로 싸우지 않겠는가······. 바로 그거다.

차 상태가 엉망인 건 양해해주기 바란다.

193

식기와 관련된 말싸움

나는 아이들의 식기를 자주 틀리기 때문에 좌절감을 느끼지만, 솔직히 내 잘못이 아니다. 좋아하는 숟가락과 접시, 그리고 서로 매우 비슷하면서도 완전히 다른 식기에 대한 선호가 매일 바뀌기 때문이다.

큰아들의 주장이 법원에서도 잘 통할지 궁금하다·······.

나: 어제 날짜로 기록된 문서인 증거 A를 법정에 제출합니다. 이 기록에 따르면, 피고인의 특별한 숟가락(주의: '수까'라고 발음하면 안 됨)은 위쪽

손잡이가 깨진 주황색 손잡이가 달린 것입니다. 「닌자 터틀Ninja Turtles」 에 나오는 라파엘을 묘사한 서툰 그림 옆에 적혀 있는 게 본인 이름입니까?

큰아들: 아 네, 라프는 내가 가장 좋아하는 캐릭터예요.

나: 그럼 동생이 지금 쥐고 있는 숟가락은 당신이 가장 좋아하는 숟가락이 아니고, 그저 동생을 약 올리려고 그렇게 말하는 것뿐이라고 지적해도 되겠군요!

방청석에서 들리는 헉하고 숨 들이마시는 소리.

나: 그렇다면 묻겠습니다. 당신이 좋아하는 숟가락은 주황색 손잡이가 깨진 숟가락입니까, 아니면 노란색 곰돌이 푸 숟가락입니까?!?!?!

큰아들: (부끄러움에 고개를 숙이며) 이가 빠진 주황색 숟가락입니다.

나: 역시 내가 말한 대로군요.

휴, 형제자매라니. 누구한테 그런 게 필요하겠는가?!

# #
취침 시간 대소동

☀ 낮의 아이 🌸	★ 밤의 아이 🌙
물은 역겹다고 생각한다.	아무리 물을 마셔도 해소할 수 없는 갈증을 느낀다.
바지에 오줌을 싼다.	지나치게 화장실에 자주 간다.
방귀 이야기만 한다.	빅뱅 이론에 관해 토론하고 싶다고 한다.
곰 인형에게 드롭킥을 날린다.	'특별한 친구' 스물일곱 개를 침대에서 같이 재우려고 한다.
엄마는 멍청한 똥 머리라고 생각한다.	엄마를 하늘만큼 땅만큼 사랑한다.
자주 자기 목숨을 내던지려고 한다.	자다가 죽으면 어떻게 하냐고 지나치게 걱정한다.

큰아들은 잠자는 건 "너무 길고 너무 지루하기" 때문에 자면서 인생을 낭비하고 싶지 않다고 한다. 이 아이가 열일곱 살이 되면 아침 6시에 아이 방에 들어가 머리 옆에서 마구 냄비를 두들기며 이 말을 상기시켜 줄 생각이다.

이쯤에서 솔직하게 털어놓고 이야기하겠다. 여러분은 아이 재우는 시간을 책을 읽어주고, 안아주고, 그날 하루에 관해 이야기하는 특별한 시간으로 즐기고 있는가. 미안하지만 난 그 일이 딱 질색이다. 대개 힘든 하루를 보낸 뒤에 마지막으로 겪는 '빌어먹을' 시간처럼 여겨진다.

하지만 이 일을 6년 넘게 하면서 이제 노련한 으흠 부모가 된 우리는 이 과정에 상당히 숙달되었기 때문에, 우리의 느긋한 으흠 취침 시간 일과를 여러분에게 알려주려고 한다.

l. 텔레비전과 우유

저녁 6시쯤부터 긴장을 풀고 쉴 준비를 시작한다. 이 과정은 텔레비전에서 뭘 봐야 하는가에 관한 말싸움으로 시작되어서(바로 전 내용처럼) 우유는 그냥 일반 우유가 아니라 밀크셰이크여야만 한다는 논쟁으로 이어지다가, 결국 한 명은 소파에 누워 있고 다른 한 명은 커피 테이블에서 펄쩍 뛰어올라 상대방의 배 위에 착지하는 WWF 스타일의 레슬링 경기로 끝을 맺는다. 이때 터지는 웃음과 눈물의 비율이 50대50 정도지만, 어쨌든 이런 식으로 멋지게 일이 시작된다.

2. 근사한 목욕

그다음에는 목욕 시간에 대한 2단계 반대를 통과해야 한다.

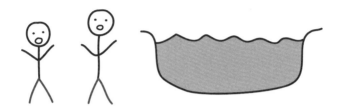

1단계 욕조에 들어가기 싫어요!

2단계 욕조에서 나가기 싫어요!

3. 양치질

다들 기분이 아주 느긋해졌으니 이제 이를 닦아야 할 시간이다. 나는 이 시간을 아주 좋아한다. 작은아들이 격렬한 분노에 휩싸여서 신체적인

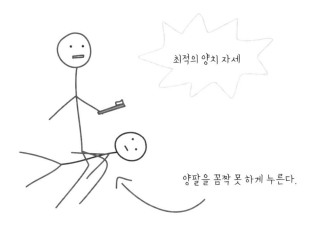

최적의 양치 자세

양팔을 꼼짝 못 하게 누른다.

구속이 필요해지기 때문이다.

4. 이야기 시간

아이들은 모두 자기 전에 재미있는 책을 든 엄마에게 바싹 달라붙는 걸 좋아하지 않는가. 상상 속 모습은……

현실······.

5. 불 끄기와 그때부터 시작되는 소동

이때부터 큰아들의 아직 잠들 수 없는 137가지 이유가 나오기 시작한다.(이 파트 시작 부분의 표를 '빠른 참조용 안내서'로 이용하라) 내가 이 글을 쓰는 동안 큰아이는 참 적절하게도 몸속에 들러붙어 나오지 않는 두 번째 응가를 하기 위해 침대에서 나왔다. 쟤는 따뜻하고 아늑한 침대에 누워 우리가 아이들에 관해 알아야 하는 사실들을 줄줄이 읊어대는 것보다 차가운 변기에 앉아 똥 누는 시늉을 하는 걸 더 좋아하는 거다. 정말 쟤 때문에 미치고 팔짝 뛰겠다.

6. 어둠 속에서 한 시간 기다리기

작은아들은 잠들 때까지 엄마나 아빠가 자기 방에 같이 있어주길 바란다. 아니, 아이가 '바란다'고 표현했지만 사실 이건 예방책에 가깝다. 혼자 내버려 두면 당장 침대에서 빠져나와 미친 기니피그처럼 비명을 지르며 2층에서 뛰어다니기 때문이다.

어쨌든 그사이에 바닥에 드러누워 휴대전화로 유명 인사들의 가십 뉴스를 볼 수 있으니, 그렇게 나쁘지만은 않다.

7. 술

사실 우리의 여유로운 취침 시간 중에서 유일하게 진짜 여유로운 시간이다. 아니 적어도 그래야만 하지만, 슬프게도 달콤한 액체가 잔 바닥에 부딪히는 소리마저도 종종 방해를 받곤 한다······.

8. 추가적인 소동

"지금 꼭 말해야 하는 정말, 정말 중요한 이야기가 있어요!" 시간이라고 부르기도 한다.

조용한 비명.

하지만 결국 아이들도 잠에 굴복하게 된다. 만세! 아침까지 자유다! 그러나 만약 아이가 자기 침대에서 얌전히 자는 걸 질색한다면 이야기는 달라진다.

사람들은 이런 문제에 대해서는 별로 이야기하지 않는다. 아기의 수면 패턴이나 사람들이 갓난아기를 키우는 엄마를 얼마나 동정하는지 등은 늘 듣는 이야기지만, 지금 생각해보면 갓난아기를 키우던 시절이 더 편했다. 적어도 아기들은 새벽 2시 45분에 엄마 머리를 발로 차면서 토스트에 잼을 발라달라고 요구하고 동시에 고양이 흉내도 내달라고 하지는 않으니까 말이다.

아이들이 잘 때는 어떤지 묻는다면 "흠, 괜찮아요. 아주 좋지는 않지만 그럭저럭 괜찮은 편이랄까…… 뭐 날에 따라 다르기는 하지만요. 사실 가끔, 아니 자주 짜증이 나긴 하죠."

둘 다 밤새도록 잘 자고 아침 6시까지 아무도 깨지 않는다면 그건 아주 성공적인 날이다. 하지만 마지막으로 그랬던 적이 언제인지 기억도 나지 않는다. 현재 우리 가족의 가장 큰 골칫거리는 작은아들이 한밤중에 부부 침실에 나타나 우리를 깜짝 놀라게 하는 버릇이 있다는 것이

다.('우리'라고 하기는 했지만, J는 평소 잠을 깊이 자는 축복받은 능력이 있기 때문에 둘째가

우리 침실에 와도 대부분 알아차리지 못한다)

아이에게 제 침대에서 자야 한다고 말하며, 조용하고 신속하게 아이

를 자기 방으로 데려가는 일관성 있는 모습을 보여야 한다는 건 알지만,

너무 피곤하다. 그러니 가장 빠른 해결책을 찾고 싶다는 유혹을 뿌리칠

수가 없다.(그래도 새벽 2시 45분에 고양이 흉내를 내면서 잼 토스트를 만든 적은 없다)

어쨌든 이상적인 시나리오는 아이를 우리 침대에 눕히고 곧바로 다시

잠드는 것이다. 그런 일도 가능하다. 어쩌다 한 번이긴 하지만.

안타깝게도 우리는 다른, 그보다 덜 바람직한 결과를 얻기도 한다. 예를 들어 아이가 수다쟁이가 되는 것이다······.

또 어떨 때는 침략자가 되어 30분 이상 나를 쿡쿡 찌르면서 시간을 보내기도 한다.

그리고 우리 귀염둥이는 영리한 정신 빼놓기 기술을 이용해서 게임을 한 단계 더 발전시킨다.(아직 사랑이라는 말을 제대로 발음하지 못해서 사댱이라고 말한다. 심쿵)······

이런 소동이 벌어지는 동안 아빠는 계속 잠만 자고 있었다는 걸 알아차렸는가. 하지만 그런 편안함도 오래가지는 못한다! 예측 불가능한 꼬맹이가 곧 적절하게 조치하기 때문이다······.

달에 닿을 만큼 높이 뛸 수 있어!

그리고 배고픈 아이 놀이를 하는 경우도 자주 있어서, 갑자기 저녁 시간에 입도 대지 않겠다고 단호하게 거절한 음식을 먹겠다고 요구하기도 한다······.

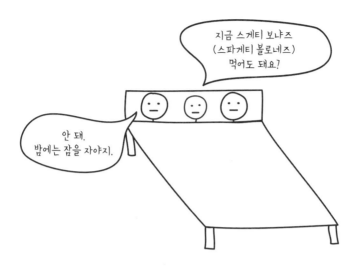

하지만 그 어떤 시나리오도 화난 아이를 다루는 것보다는 낫다. 화난 아이가 왜 화가 났는지는 아무도 모른다. 아마 화난 아이 본인도 모를 거다. 그냥 아무거나 터무니없는 일을 꼬투리 삼아 화를 내면서 계속 징징거린다.(다른 사람들이 덮고 있던 이불까지 다 차내면서)

자기한테 노란 장화가 없다는 걸 잘 알면서도 말이다.

아주 운이 없는 날에는 앞의 두 가지 버전이 끔찍하게 조합된 배고파서 화난 아이를 만나게 되는데, 그런 날은 완전히 망했다고 보면 된다······.

대개 배고파서 화난 아이는 누군가 침대에서 자기 자리를 나한테 양보할 때까지 전부 다 때려줄 테야 상태가 되곤 한다······.

하지만 이게 끝이 아니다. 대미를 장식하기 위해 가장 멋진 걸 남겨뒀다. 야밤의 침대 침입자 중에 벌써 낮이라고 생각하는 아이보다 더 무서운 건 없다⋯⋯.

진저리.

하지만 다행스러운 건 어떻게든 아이를 달래서 다시 평화로운 잠에 빠져들게 했을 때가 많다는 것이다. 문제는 그때가 되면 벌써 시간이 새벽 5시 35분쯤 되기 때문에 다시 막 잠들려는 순간, 망할, 우리 집에는 아침이 밝기도 전에 일어나는 걸 좋아하는 아이가 한 명 더 있다는 사실이 떠오른다.

제발 내게 갓난아기를 주세요.

적어도 이런 짓만큼은 절대 하지 않았다고, 한 87퍼센트 정도는 확신할 수 있다······.

추신 물론 우리 집에도 아이에게 시간 개념을 알려주는 웃는 얼굴 모양의 아동용 시계가 있지만, 전혀 효과를 발휘하지 못한다. 해가 뜨기를 기다리는 게 너무 지루하다면서 그냥 시계 플러그를 뽑아버리곤 하기 때문이다. 하지만 솔직히 말해서 의기양양하게 웃는 멍청한 얼굴이 달린 전자 제품의 지시를 거부하는 사람들을 믿어야 한다고 생각한다.

\#
수두 일기

아픈 아이를 보면 기분이 참 혼란스럽다. 아픈 아이가 외롭고 불쌍한 모습으로 소파에 누워 있는 걸 보면 꼭 안아주면서 이마에 흐르는 땀을 닦아주고 모든 고통을 없애주고 싶다. 하지만 다른 한편으로는 아이를 일으켜 세워 신발을 신기면서 "제발 엄마 좀 곤란하게 하지 마!"라고 말하고 싶어지기도 한다.

아이를 어린이집에 보내기 전에 문밖에서 해열진통제를 먹이는 부모들을 종종 볼 수 있다! 이상하게 아이들은 꼭 우리가 중요한 마감을 앞두고 있거나 어쩌다 한 번씩 찾아오는 아이 없는 오후를 즐기려는 순간에 아픈 것 같지 않은가. 그리고 아이가 코를 좀 훌쩍일 때마다 안 내보내고 집에만 둔다면 어린이집은 텅 빌 것이다. 난 솔직히 어린이집 선생님들이 얼굴이 콧물로 범벅이 된 아이들을 구분한다는 것도 놀랍다.

하지만 무시무시한 수두에 걸린 경우에는 이야기가 다르다. 작은 빨간

색 발진이 나타나면 어린이집에 갈 수 없다. 그리고 더 나쁜 건⋯⋯ 아이를 격리해야 한다는 사실이다. 나는 우리 집에 이런 일이 발생했을 때 느낀 공포를 기록해두기 위해 일기를 썼는데, 지금부터 여러분에게 보여주겠다⋯⋯.

1일째

J가 보낸 문자⋯⋯.

우리는 가끔 단어를 안 쓰고 이모티콘만 이용해서 문자를 주고받는다. 그러면 꽤 재밌기 때문이다. 하지만 그걸 말로 표현하면 약간 슬프게 들리고 글로 적으니 더 심각해 보인다는 걸 깨달았다.

어쨌든 아무리 좋은 쪽으로 해석하려고 해도, 남편의 문자가 의미하는 바는 작은아들이 수두에 걸렸다는 이야기였다. 괜찮다. 난 친구들을 만나러 런던에 와 있으니까. 내가 상관할 바가 아니다.

2일째

알 게 뭐람. 난 아직 런던에 있는데 뭐! :)

3일째 부제: 잠 못 이룬 날

집에 돌아와서 보니 작은아들은 그럭저럭 괜찮은 듯했다. 하지만 그건 잠잘 시간이 되기 전까지의 일이었다. 잘 시간이 되자 아이는 잠은 포기하고 들짐승처럼 엎치락뒤치락하기로 결심한 듯했다. 아이를 진정시킬 수 있는 건 「출동! 소방관 샘Fireman Sam」뿐이었다.

혹시 어린아이가 만화영화를 보면서 얼마나 오랫동안 자지 않고 버틸 수 있다고 생각하는가?

엄마, 저것 봐!
소방차 삐뽀삐뽀!

그래, 나도 놀랐다.

4일째

다들 수면 부족과 「출동! 소방관 샘」에 나오는 딜리스, 트레버, 스틸 서장의 삼각관계에 과다 노출된 후유증 때문에 조금 어지럽고 몸이 안 좋았다.

오늘 밤에는 잠을 좀 잘 수 있도록, J가 약국에 가서 괜찮은 약을 달라고 했다.

아들이 수두에 걸렸는데요, 아이를 나가떨어지게 할, 아니 좀 편안하게 해줄 만한 약이 있을까요?

이게 효과가 좋긴 하지만 졸음을 유발할 수 있다는 부작용이……

그거 아주 괜찮군요. 다섯 개 주세요.

사랑스럽고, 사랑스러운 약들!

5일째

약이 효과가 있었다. 놀랍게도 아이가 7시간이나 잤다! 난 그렇게 오래 자본 적이 없어서 기분이 이상했다…… 뭐랄까 약간…… 열의가 넘쳤다고 할까, 뭐 그랬던 것 같다.

다행히 상태도 훨씬 나아졌다. 이제 평소처럼 밖에 나가서 놀고 싶어라 했지만, 아직 전염성이 있기 때문에 그럴 수 없었다. 아이에게 간헐적으로 플레이도와 초콜릿과 감기약 시럽을 투여하면서 장난감 기찻길에 맞아 뒤통수가 깨지지 않도록 조심했다.

아이가 아픈 상태일 때가 더 좋은지, 건강한 상태일 때가 더 좋은지 가늠이 되지 않는다.

술이 필요하다.

6일째

점점 지루해지고 있다.

하루 대부분을 딱지가 아물어가는 상태를 분석하고, 그걸 떼어내지 않으려고 애쓰면서 보낸다.

또 하나 재미있는 소일거리는 지난달에 어린이집에 낸 돈과 실제로 출석한 시간을 계산해보는 것이다. 그러면 시간당 얼마를 냈는지 알 수 있다. 우리는 136.05파운드였다!

웩!

7일째

너무너무 지루해서 대화를 나눌 사람이 절실히 필요했다.

검색창이 진짜 살아 있는 사람이라도 되는 양 질문을 던지는 미친놈이 될 것 같은 기분이었다.

검색창아, 어린이집이 이윤을 극대화하기 위해 지하의 비밀 실험실에 감염성 질환을 퍼뜨리는 유리병을 보관하고 있다고 생각하니? 내가 새로 산 운동복이 마음에 드니? 점심에는 뭘 먹었니?

나를 위한 정치선언문을 작성하기 시작했다. 좀 더 내용을 구체화해야 하지만, 상당히 괜찮게 진행되고 있는 듯하다.

몬스터 먼치

네 개

재미있는 하루였다.

8일째

이제 딱지가 생겼다! 작은아들을 다시 어린이집에 데려갔는데, 혹시 이 수업료만 받아먹는 도둑놈들이 아이를 받아주지 않을까 봐 몹시 불안했다.

다행히 오늘은 아픈 아이 할당량을 다 채운 모양이다.

일주일 치 일을 하루 만에 다 해치우려고 애썼지만, 실패했다.

9일째

만세! 이제 전처럼 밖에 나가 돌아다닐 수 있어서 저엉말 좋다.(대체로)

10일째

다들 상태가 훨씬 좋아졌다. 나만 빼고. 할 일이 너무 많은데 시간은
너무 부족해서 스트레스받는다. 나는 지치고 스트레스받을 때면 사소한
일에도 우는 경향이 있다. 예를 들어 캡슐커피의 캡슐이 하나밖에 남지
않은 걸 알아차리면 눈물이 난다.
사실 이건 아주 중요한 일이다.

222

난 살면서 겪는 일은 대부분 잘 대처할 수 있지만, 커피 없이는 진짜 힘들다······.

그러다가 기억이 났는데····· 우리에게는 인터넷 쇼핑 당일 배송이라는 훌륭한 시스템이 있다!
이제 모든 일이 잘 풀릴 것이다······.

사랑해요.
난 절대 당신을
실망하게
만들지 않을 거예요!

하지만 내가 정말 어리석었다. 일주일 뒤, 이번에는 큰아들이 수두에 걸리면서 가족 모두가 다시 한번 이 트라우마를 겪어야 했다. 하지만 수많은 고난 가운데 그 어떤 것도, 병균도 중이염도 기침이나 감기도, 아픈 몸을 이끌고 다 나은 아이들을 돌봐야 하는 상황과는 비교되지 않는다. 여기서 문제는 어린아이나 아기들은 지극히 이기적이라서 여러분이 겪는 고통에는 전혀 신경 쓰지 않는다는 사실이다. 이건 그들의 잘못이 아니다. 우리 모두 그렇게 태어나는 것뿐이다. 시간이 지나면서 다른 사람과 잘 지내고 싶고 사랑받고 싶다면 타인의 감정을 고려해야 한다는 사실을 깨닫게 된다. 하지만 친구가 없어도 별로 개의치 않는 사람들은 어른이 되어도 100퍼센트 이기적인 모습으로 남는 경우가 많다. 내 포테이토칩을 다른 사람과 나눠 먹고 싶지 않지만 억지로 그렇게 하는 이유는, 남들이 날 나쁘게 생각하지 않길 바라기 때문이다.(나이가 많이 들면 다시 이기적으로 행동할 생각이다. 죽을 때가 가까워지면 남들이 날 어떻게 생각하든 상관없지 않겠는가)

어쨌든 내 상태가 좋지 않을 때는 아이들에게 좀 친절하고 상냥하게 대해달라고 부탁하지만, 결국 아이들은 나한테 전혀 신경 쓰지 않기 때문에 이런 부탁은 무의미하다‥‥‥.

제발 조금만 조용히 해주겠니? 엄마 머리 아파.

싫어요.

엄마 위에서 뛰지 말아 줄래? 토할 것 같아서 그래‥‥‥.

싫어요.

물 한 잔만 갖다 줄래? 힘도 없고 탈수증이 생긴 것 같아‥‥‥.

싫어요.

내가 아이들에게 한 말은 엄마가 곧 죽을 것 같다는 뜻이었다. 말 그대로 바닥에 쓰러져서 그대로 숨을 거둘지도 모르는 상태인데도, 우리 아이들은 간식을 빨리 주지 않는 데 불만을 느낄 것이다······.

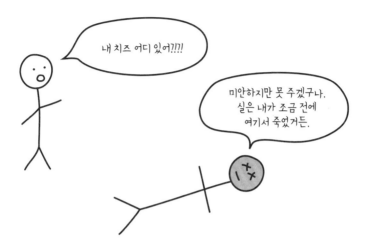

# #
나는 지금도 여기 있고, 여전히 나는 나다

아이가 생기기 전   아이가 생긴 후

기본적으로
사악한 마녀와
비슷한 몰골

근심 걱정 없는 자에게서
뿜어져 나오는 광채

생기 있는 눈빛

허리선

도와줘! 내가 실종되었어! 나는 비교적 최근까지만 해도 내가 스물다섯 살 정도로 보일 것이라고 확신했다. 하지만 거울을 보면 그 안에 비치는 건 내 얼굴이 아니라 더 나이 든 사람의 얼굴 같다. 훨씬 나이 든 사람. 지금은 주름도 생겼고 영원히 사라지지 않을 듯한 짜증스러운 표정까지 더해져서 볼수록 속상하다.(꼭 몸을 구부렸을 때의 내 허리 상태 같다)

227

이렇게 나이 들어 보이는 건 다 아이들 때문이니 딴 데서 이유를 찾을 필요는 없다. 어떤 뷰티 어드바이스를 찾아봐도, 젊어 보이는 외모를 유지하기 위해서는 말도 안 되게 비싼 크림과 충분한 수면과 수분 섭취, 그리고 유행하는 생식 다이어트가 필요하다고 말한다. 짜증 나게도 잠은 늘 부족하고, 커다란 잔에 따른 화이트와인을 벌컥벌컥 들이켜고, 아이들이 바닥에 버린 생선튀김 부스러기나 주워 먹다 보면 그와 정반대되는 효과를 얻게 된다.

내 몸을 살펴보면, 두 아이를 키운 배와 아이들에게 젖을 먹이느라 늘 어났다가 쪼그라든 뒤 다시는 원상 복귀되지 않는 가슴(젠장) 그리고 세월이 흐르면서 갈수록 군살이 출렁거리는 허벅지가 보인다. 현재 손톱에 바른 매니큐어는 보기 싫게 벗겨져 있지만 문득 신경 쓰여서 지워버릴 때까지 최소 일주일은 더 그 상태로 남아 있을 가능성이 높고, 화장은 다크서클을 부분적으로 가려주는 컨실러나 바르는 정도다.

옷차림은 늘 같은 스키니 진과 단순한 티셔츠를 입고 있다. 유행을 따르는 것도, 유행에 뒤처진 것도 아니다. 내 생각에 다른 엄마들과 거의 비슷해 보일 것 같다······.

하지만 그걸로 충분치 않다는 말을 많이 들었다. 일반적인 '엄마들 부류'에 휩쓸려 정체성을 잃어가고 있는 내게는 도움이 절실하다! 잡지에서 덜 '아줌마 같아 보이는' 방법을 다룬 기사를 읽을 때마다 심연에 대고 비명을 지르는 기분은 나만 느끼는 거가, 아니면 다른 사람들도 그럴까. 우리는 엄마들이란 별로 타인의 호감을 사는 부류가 아니라고 느끼게 하거나 그렇게 인식하도록 유도하는 각종 미디어의 메시지에 계속 노출되어 있다. 내가 알고 싶은 건, 엄마라는 사실을 부끄럽게 여겨야 하는 게 언제인가 하는 거다.

맙소사,
내가 꼭 엄마처럼
보이잖아!

우리 몸이 수행한 놀라운 작업이 남긴 물리적인 흔적을 모두 지우고, 비키니를 입을 만한 몸매로 돌아가는 걸 최우선 과제로 삼으며, '엄마들의 유니폼'(말이 나온 김에 말하자면, 줄무늬 상의와 오리털 점퍼, 컨버스 운동화 등 누구나 다

입는 일반적인 옷을 엄마들이 입으면 유독 맹비난을 받는다)을 입는 걸 피하고, 아이 이야기만 지겹게 떠들지 않도록 새로운 취미를 가져야 한다. 새로운 언어를 배우고, 필라테스를 하고, 케이크 장식을 계속하는 등 자신의 길을 알아서 선택해야 한다.

그렇다면 아빠들은 어떨까. 그들도 매우 비슷한 곤경에 처하는 일이 많이 있지만, 지겨운 '아빠들의 유니폼'을 입고 '아저씨 같은' 외모를 뽐내면서 '아빠들 부류'에 속하는 걸 피해야 한다는 압박을 많이 받지 않는 이유는 뭘까. 그건 자신이 필요 없다고 여기는 부분에 돈을 쓰면 좀 더 가치 있는 사람처럼 느껴진다고 설득하면서 여자들을 못살게 구는 성차별적인 헛소리 때문이다. 어쩌면 그 헛소리를 따랐을 때 우리는 좀 더 가치 있는 인간이 된 기분을 느낄 수도 있다······.

또 어쩌면 지금 할 일이 너무 많아서 이게 어려운 일처럼 느껴질 수도 있다······.

"마음 챙김 명상 강의를 들으면 도움이 될지도 모르겠네요"라고 손질된 머리카락에 윤기가 잘잘 흐르는 '느긋한 육아' 전문가는 제안했다.

아니. 마음 챙김 따위 꺼져버려!

지금 하는 일 이상의 무언가를 할 수 있을 것 같지도 않고, 예전처럼 흥미로운 소식을 전하지도 못하는 것도 부인할 수 없는 사실이지만, 이봐요! 머리카락이 찰랑거리는 육아 전문가 양반. 내 앞에는 지금 큰 문제가 하나 놓여 있다고요. 여기서 소리 질러서 미안하지만······

나를 위해서 쓸 수 있는 시간이 없단 말입니다!!!

평균적인 엄마(또는 아빠)들은 시간이 절대적으로 부족하다. 내 경우, '나만의 시간'이 부족하다는 점이 가장 적응하기 어려운 문제 중 하나였다. 부모로서 살아가는 삶과 관련해 도움을 얻으려고 읽은 수많은 책 속 조언은 이렇게 말했다······.

'반드시 자신을 위한 시간을 마련해야 한다. 먼저 자기 자신부터 돌보지 않으면 누구에게도 도움이 될 수 없다.'

분명히 나쁜 조언은 아니고, 매우 중요하고 귀한 조언이다. 그러나 내가 알고 싶은 건 대체 어떻게 해야 시간을 '마련'할 수 있느냐다. 내가 아는 한 시간은 있거나 아니면 없거나 둘 중 하나인데 말이다. 대개 우리가 마음대로 쓸 수 있는 시간은 없고, 아무리 제이미 올리버^{Jamie} ^{Oliver}라 하더라도 해결 방안을 제시하지 못할 것이다.

그렇다면 이런 상황에서 어떻게 찾기 힘든 '나만의 시간'을 확보할 수 있단 말인가.

낮에는 일하거나 작은 인간들이 생명을 유지할 수 있게 돌봐줘야 하므로 도통 시간이 나지 않는데, 저녁 시간이라고 다를까. 아이들을 재우고 난 뒤 내가 가장 먼저 하는 일은 정리다. 여기서 정리란 아이들이 갖고 놀지 않는 '장난감 부엌'을 다시 정리해서 프라이팬에 나무로 만든 아침 식사를 늘어놓는 지나치게 꼼꼼한 작업 같은 걸 뜻한다. 이렇게 이해하기 힘든 일을 하는 게 사람들이 흔히 말하는 '나만의 시간'을 갖는 건가.

어쩌면 '나만의 시간'이란 드디어 소파에 털썩 주저앉아 벌써 13기 번이나 본 「레고 배트맨 무비^{The Lego Batman Movie}」를 20분쯤 멍하니 보다가 이미 다 본 영화라는 걸 겨우 깨닫고는 꺼버리는 행위일 수도 있다.(솔직히 말하면, 「베드타임 아워^{The Bedtime Hour}」의 정지 화면을 계속 보고 있던 때에 비하면 많이 나아졌다고 생각한다)

지금은 밤 9시다. 저녁 준비를 하는 게 '나만의 시간'으로 간주될까?

저녁을 먹는 것도 '나만의 시간'인가? 씻는 시간은? 텔레비전 프로그램을 건성으로 보면서 소득 신고서를 작성하는 건? 마침내 침대에 쓰러져서 5시간 동안 자는 건?

다른 부모들은 어떻게 '나만의 시간'을 찾아내는 행운을 누렸는지 궁금하다······.

베키(41세): 일전에 내 다리에 매달리는 사람이 없는 상태에서 식기 세척기를 정리했더니, 그 후 일주일 내내 기분이 좋더라고요.

루시(33세): 「미스터 텀블Mr. Tumble」을 보는 척하면서 데일리 메일Daily Mail 웹사이트에 달린 악플을 읽는 걸 좋아해요.

루이스(29세): 사랑니를 뽑느라 간단한 수술을 받았어요. 덕분에 『글래머Glamour』잡지를 보면서 딸기 요구르트 한 통을 혼자 다 먹을 수 있었죠. 정말 엄청난 사건이었어요.

데이브(37세): 편안하게 혼자서 화장실이라도 갈 수 있다면 행복할 거예요.

세상엔 나 같은 사람이 많은가 보다.

내가 행복을 느끼는 행위는 오랜 시간 뜨거운 거품 목욕을 하면서 신문의 주말 증보판을 읽는 것이다. 문제는 아이들 중 한 명, 혹은 둘 다 욕조에 뛰어들어오면서 이 시간이 막을 내리고, 나한테 왜 고추가 없는지에 대한 대화를 나누느라 평화로운 '선禪'의 느낌이 완전히 사라져버린다는 것이다……

잡지는 고급 휴양지에 가서 일광용 의자에 앉아 노닥거리기만 하면 우리가 안고 있는 문제가 모두 해결되리라 믿게 만든다. 오, 집에서 혹사 당한 불쌍하고 나이 든 저 엄마 좀 봐. 본인을 위한 시간을 가져본 적이 없대 흑흑. 얼른 손톱 손질을 해주고 자쿠지에 몸을 담그게 한 다음

원래의 쓰레기 같은 생활로 돌려보내자.

내 말을 오해하지 말기 바란다. 고급 휴양지 여행을 거부하는 게 아니라, 그냥 '나만의 시간'은 일종의 성배처럼 여기면서 일상생활은 마치…… 쓰레기처럼 취급하는 게 싫을 뿐이다. 게다가 난 압박감을 느끼는 상태에서는 느긋하게 쉬어본 적도 없다…….

자신의 정체성을 되찾는 가장 좋은 방법은 내가 하는 일이나 외모 면에서 아이들과 분리되는 게 아니다. 난 잡지에 글을 쓰는 어떤 멍청한 여자가 그러라고 해서, 내 아이들을 부끄러워하지 않을 것이다. 물론 성

가신 건 사실이지만 그래도 좋아하는 마음도 있다!

제발 3미터쯤 떨어져 있어 줘.
사람들이 너희가 아니라
새 핸드백을 볼 수 있도록!

아이들이 어릴 때는 '나만의 시간'을 많이 가질 수 없는 게 사실이다.
가족이 다 함께 묶여 있는 지금 우리가 누릴 수 있는 건 '우리끼리의 시
간'이다. 그리고 난 엄마라는 사실이 행복하고 사람들이 날 아기 엄마로
여긴다고 해도 전혀 부끄럽지 않기 때문에 상관없다.

그러니까 내가 말하고자 하는 요점은, 옷차림이 보통 엄마 같든, 패션쇼
에 나가는 하이패션 모델 같든 자기가 좋아하는 옷을 입고, 시간과 뇌
세포가 충분한 경우 고대 상형문자 야간 강좌를 듣거나 다른 사람들

처럼 소파에 누워 와인이나 마시거나 자기가 원하는 일을 하라는 것이다. 자신감을 얻기 위해 헬스클럽에 다녀도 되고, 아니면 자신의 똥배와 임신선, 그리고 그것이 여러분에게 가져다준 행복을 고스란히 받아들여도 된다.

가능하다면 자신을 위해 찾아낼 수 있는 자투리 시간을 즐기고, 불가능하더라도 너무 애태우지 말자. 결국에는 그 시간을 되찾을 수 있다. 하지만 당분간은 가능한 데서 즐거움을 찾아야 한다⋯⋯.

세인즈버리 슈퍼마켓

부모란 혼자 우유를 사러 가는 것만으로도⋯⋯
고급 휴양지에 간 기분을 맛볼 수 있는 존재

추신 난 목욕할 때면 늘 아이들이 나와 같이 욕조에 들어올 수 있게 해준다.

추추신 내심 그걸 즐긴다.

추추추신 그래도 난 휴양지에 가서 휴식을 취하고 싶은 마음이 굴뚝같다는 걸 아주 명확하게 밝히고 싶다. 이건 단순히 엄마로서의 삶을 위로하는 게 아니라, 내가 평소 착하게 살았고 그럴 만한 자격이 있기 때문이다.

# #
다 같이 여름휴가 가자

지옥 휴가(명사)
의미: 평소와 똑같은 난장판, 장소만 바뀜.

예시)
사라는 지옥 휴가를 보내느라 2,000파운드의 경비와 남아 있던
분별력을 모두 잃었다.
프레드의 지옥 휴가는 레고 조각을 밟고 서 있는 것만큼 즐거웠다.
즐거운 지옥 휴가 보내세요.(이 머저리들아)

아이가 생기면 휴가가 즐겁지 않다는 이야기가 아니다. 그냥 좀······
덜 재미있는 정도다. 때로는(짐 싸는 것까지 생각하면) 과연 가야 하는 건
가 하는 생각이 들기도 한다.

예전에는 휴가를 떠나기 전에 준비하는 시간을 아주 좋아했는데, 요즘에는 아른아른 빛나는 완벽한 선탠로션을 찾아다니기보다는 인터넷 사이트에서 아이들에게 신길 샌들을 사느라 정신이 없을 가능성이 더 크다. 아이들이 있는 지금, 우리의 휴가가 과거와 어떻게 달라졌는지 한번 살펴보자……

계획 및 준비

목적지 검토

- 아이들이 생기기 전— 멋진 술집과 식당, 가보고 싶은 문화적 장소.
- 아이들이 생긴 후— '어린이 환영'이라 하고, 와이파이가 잘 잡힌다는 소문을 듣고 예약한 장소 정도. 그런 다음 이제 그곳이 어느 나라에 속해 있는지 확인한다. 그리고 거기서 가장 가까운 응급실을 검색한다.

오락

- 아이들이 생기기 전— 수영장 근처에서 여유로운 시간을 보내기 위해 새로 나온 음악을 다운로드하고 책 세 권을 주문한다.
- 아이들이 생긴 후— 아이패드 배터리를 최대한도까지 충전하고 아

240

이들을 자극하는 형편없는 파일들을 가득 채운다. 여러분 본인을 위한 건 신경 쓸 필요 없다. 휴가 내내 여러분의 오락 시간은 아이들이 물에 빠지지 않도록 신경 쓰는 일로 채워질 테니까.

몸단장

- 아이들이 생기기 전— 출발하기 전날 저녁은 몸치장하는 데 전부 할애했다. 근사한 목욕을 하고, 다리털을 깎고, 발톱에 페디큐어를 바르고, 페이크 태닝 제품을 바른다. 매우 여유롭다.
- 아이들이 생긴 후— 출발 전날 저녁에는 누가 공항 주차장 예약을 하기로 되어 있었느냐를 놓고 싸우다가(난 아니다!) 신경질적으로 발톱을 깎고, 지저분하고 뭉툭한 면도칼로 다리를 난도질한다.

짐 꾸리기

- 아이들이 생기기 전— 낮에 입을 옷과 저녁에 입을 옷을 따로 준비한다. 실제로 입을 수 있는 수량보다 두 배 많은 옷을 챙기고 굽 높이가 다양한 구두도 여러 켤레 가져간다.

- 아이들이 생긴 후— 여행 가방 한 개는 기저귀와 자외선 차단 지

수 50짜리 선크림, 어린이용 감기약으로 채우고, 나머지 가방은 아이들 옷, 아이들의 여벌 옷, 공기를 넣어 부풀리는 장난감, 해변에서 갖고 노는 플라스틱 장난감, 빛가림용 안대, 특별한 컵, 그리고 절대 놔두고 갈 수 없는 스물 여섯 개의 필수적인 장난감으로 채운다. 또 "대체 휴가는 왜 가는 거야?"라고 계속 투덜거리면서 프라이마크에서 산 5파운드짜리 드레스 세 벌과 5년 전에 산 믿을 만한 비키니, 그리고 낮이든 밤이든 다 신을 수 있는 다목적 샌들 몇 켤레를 그나마 공간이 좀 남아 있는 가방에 쑤셔 넣는다.

공항까지 가는 길

- 아이들이 생기기 전― 공항까지 가는 내내 차 안에서 신나게 수다를 떨고, 차분하면서도 여행에 들뜬 기분으로 공항에 도착한다.
- 아이들이 생긴 후― 운다. 욕설 이외에는 말을 하지 않는다. 집에서 새벽 5시에 나서야 하는 날에 새벽 5시 넘어 잠든 탓에 지칠대로 지친 아이들을 달래기 위해 간헐적으로 차 뒷좌석으로 간식을 던져준다. 이혼하기 직전에 터무니없이 많은 가방, 카시트, 유모차, 그리고 아이들을 둘러맨 채로 공항에 도착한 우리는 빌어먹을 낙타처럼 보인다. 공항에서는 하루 24시간 언제든 술을 마시는 게 사

회적으로 용납된다는 사실에 기뻐하면서 패스트푸드점 아침 메뉴에 맥주 한 잔을 곁들인다.

여행

아아아아악! 아이들이 비행기에 탔다. 마치 비행기에 뱀을 풀어놓은 격이지만, 사실은 그것보다 훨씬 무시무시하다. 불행히도 휴가를 즐기려면 어딘가로 떠나야 하고, 그러려면 간신히 예약할 엄두를 낸 가장 먼 목적지까지 비행기를 타고 가야 하는 법이다. 내 최대 한계는 4시간인데 그보다 긴 비행시간을 견딘 세상의 모든 부모를 존경한다.

최근에 아이들을 데리고 휴가를 갈 때는 누가 큰아들 옆에 앉고 누가 작은아들 옆에 앉을지 정하기 위해 동전을 던졌다. 다섯 살배기는 비행기에서 나란히 앉아 가기에 상당히 괜찮은 상대라는 사실이 밝혀졌다. 세상에 대한 그들의 흥분과 경탄을 지켜보는 건 육아의 가장 즐거운 부분 중 하나다. 비록 아이 때문에 바보가 된 기분이 들게 되더라도 말이다⋯⋯.

> 정말 재미있어요, 엄마!
> 그런데 비행기는 어떻게 날아요?

> 음, 기압하고
> 속도와 관련이 있는데⋯⋯
> 그러니까 날개로 날지!

그에 비해 비행기에서 더 어린아이 옆에 앉아 가는 건 음⋯⋯ 흥미롭다고 할까? 아니, 그냥 끔찍할 따름이다.

그리고 상당히 까다로운 질문을 받기도 하는데, 이 정도는 뭐 괜찮은 편이다······.

······ 다음과 같은 지독히 짜증 나는 세 가지 행동 가운데 하나를 계속하고 싶어 하는 사람 옆에 앉아 있는 것보다는 말이다.

1.
닫혀 있는 창문을
열고 싶어요!

2.
버튼들을 계속
누르고 싶어요!

3.
트레이를 탕탕
내리치고 싶어요!

안타깝게도 승무원들은 자기 앞에서 메롱이나 해대는 어린아이에게 계속 호출당하는 걸 별로 좋아하지 않는다. 근처 승객들도 창문을 열려고 하거나 식사 트레이를 계속 두드리는 아이 때문에 생긴 두통을 별로 반기지 않는다.

하지만 이런 행동을 말리기도 어려운 것이, 아이는 자기가 좋아하는 행동을 하면서 즐거워하고 만약 그걸 하지 못하게 하면 남들 귀에 다 들리도록 불쾌감을 표시하기 때문이다. 주변 사람 모두 아이가 아무 데도 손대지 않고 조용히 자기 자리에 앉아 있기를 바라는데 그런 일은 절대 일어나지 않기 때문에 결국 모두가 피해를 보는 상황이 된다.

지금까지 우리는 매우 다양한 비행기 여행 경험을 축적하고 있다. 어떨 때는 최고의 육아 경험을 또 어떨 때는 최악의 육아 경험을 하게 되는데, 우리 주변에 우울한 표정으로 앉아 있는 이들은 모두 참 운이 없는 셈이다.

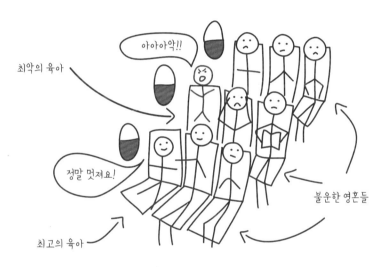

또 우리 주위에 어린아이가 있는 다른 가족이 앉는 경우도 있는데, 이런 경우에는 괜찮을 거라고 희망을 품을지도 모르겠다. 서로 '댁의 아이도

정말 심각하네요!'라는 뜻이 담긴 시선을 몇 번 교환하기도 하지만, 그 집 아이들이 우리 아이보다 얌전하게 행동할 때는 그들의 다 이해한다는 표정에 우리를 비판하는 우쭐함이 담겨 있는 경우도 종종 있다. 공정하게 하기 위해서 말하자면, 우리 아이들이 남의 집 아이들보다 얌전하게 굴 때는 나도 그런 기분을 느낀다.

어쨌든 비행기 여행은 이런 식으로 끔찍하고, 우울하고, 진저리 나게 계속된다. 그분이 오실 때까지는⋯⋯.

입장. 온갖 과자와 술이 가득한 꿈의 카트⋯⋯.

오, 이지젯EasyJet 항공, 정말 멋져요!

이제 아이가 할 수 있는 일이 참으로 많다! 찍어 먹는 크림치즈로 의자에 그림을 그리고, 우리가 읽으려고 산 책을 주스에 푹 적시며, 날카로운 색연필로 우리 다리를 찌르고, 손가락으로 누텔라를 찍어 먹다가 다른 사람 머리카락에 닦으며······ 가차 없이 나를 들이받기도 한다. 그래도 힘내라, 얘야. 얼른 녹초가 되어 줘! 뭘 하든 좋으니까 조용하게만 하고, 엄마가 술 좀 즐기게 해주렴.

실제 '휴가'

목적지에 도착하면(환승 같은 건 절대 하지 않도록 사전에 주의했다) 드디어 휴가가 시작된다! 하지만 일단 와이파이 접속 상태부터 확인하는 게 급선무다. 솔직히 말해서 아이들이 유튜브를 통해 디즈니컬렉터BR DisneyCollectorBR(디즈니 장난감을 소개하는 유명 유튜브 스타-옮긴이)이 킨더 에그를 개봉하는 모습을 보지 못한다면 아무도 휴가를 즐길 수 없기 때문이다.

그다음 할 일은 수영장에 가는 것이다! 아이가 생기기 전에 내가 좋아하던 휴가 방식은 친구 제인과 함께 카리브해 지역으로 떠나는 패키지여행이었다. 우리는 기본적으로 수영장 옆에 있는 바의 칵테일 메뉴를 모두 섭렵하면서 시간을 보냈다. 쿠바 리브레 두 잔이랑 바나나 마마

249

두 잔이랑 코코 로코 두 잔 주세요! 이건 다 내가 마신 것이다. 아침 식사로. 정말 최고였다.

아이가 있으면 수영장 가장자리에서 물에 뛰어들려고 하는 아이를 붙잡거나,(어떻게 지치지도 않고 계속 저러는지) 똥이 가득 찬 수영용 기저귀를 누가 갈 차례인가(암울하다)를 놓고 언쟁하면서 시간을 보내게 된다.

점심시간에는 얼음처럼 차가운 맥주와 함께 다양한 현지 요리를 느긋하게 즐기는 게 아니라 치킨너깃을 파는 곳을 찾아 어디든 가야 한다. 저녁의 여흥에는 온갖 종류의 흥미로운 일들이 포함될 수 있다. 끔찍한 가족 관람용 공연을 보러 가서 커다란 개, 곰 인형, 원숭이 등과 함께 어우러져 디스코 경연대회에 출전했다가 떨어질 수도 있고, 멍청하게도 호텔 가족실을 예약한 경우에는 욕실에 틀어박혀 칫솔꽂이에 올려둔 와인을 마시면서 아이들이 쓰러져 잘 때까지 기다릴 수도 있다.

그런데 이 꼬맹이들과 느긋한 휴가를 즐길 수 있는 비법이 하나 있다. 그건 휴가가 반드시 느긋할 필요는 없다고 인정하고, 이 작은 침략자들이 없는 삶은 상당히 지루하다는 것을 깨닫는 거다.

물론 휴가가 엄청난 스트레스를 안겨줄 수도 있지만, 난 아들들의 행복한 얼굴을 볼 수 있다면 그걸로 충분하다. (그것만으로는 충분하지 않다면 리조트에

나중에 집에 돌아가서 사진을 훑어보면 다들 미소를 짓거나 활짝 웃고 있는 걸 확인할 수 있다. 그리고 다른 사람이 즐거운 휴가를 보내고 왔느냐고 물어보면, 35도의 열기 속에서 범고래 모양 튜브를 가지고 엄청나게 성질을 부렸던 이야기를 꺼내는 대신 "좋았어요!"라거나 "네, 아주 즐거웠어요!"라고 대꾸한다. 이걸 '장밋빛 회상'이라고 하는데 여행사 입장에서는 아주 다행스러운 일일 테고, 사람들이 아이를 여러 명 낳기로 마음먹는 것도 이런 기억 왜곡 때문일 거다.

# #
나와 내 껍딱지들

나는 어릴 때 자부심이나 자신감이 별로 없는 아이였다. 세상에는 나 같은 사람이 많을 것이라고 생각한다. 남들에게 사랑받고 싶고, 어디서나 잘 어울리고 싶고, 사람들이 나를 어떻게 생각하는지 신경을 많이 썼다. 나보다 뛰어나거나 멋진 사람이 내게 관심을 보이면 고맙고, 심지어 영광이라고까지 여겼다.

다들 나보다 예쁘고, 영리하고, 재미있어 보였기 때문에 내 외모에도 신경을 썼다. 나는 약간 뭐가 뭔지 알 수 없었고, 마치 나보다 흥미롭게 생긴 채소들이 가득한 곳에 홀로 놓인 감자가 된 기분이었다.

하지만 지금은 그렇게 생각하지 않는다. 뭐가 바뀐 걸까. 정확히 말해서 내가 바뀐 건 아니다. 난 예나 지금이나 그냥 감자일 뿐이지만, 내가 지닌 가치를 인정하기 시작했다. 감자는 극히 평범한 채소일지는 몰라도 쓰임새가 매우 다양하고 포만감을 주며, 포테이토칩도 만들 수 있는 데다가, 누구나 다 포테이토칩을 좋아한다!

이런 사고 과정의 일부는 나이가 들면서 점점 내 모습에 자신감이 생겼기 때문이지만(!) 사실 내 사고방식이 크게 바뀐 건 아이를 낳은 뒤부터다.

얼마 전, 저녁에 외출하려고 거울 앞에 무릎을 꿇고 앉아 화장하고 있는데 작은아들이 흥미로운 시선으로 내 모습을 지켜봤다. 나한테 지금 뭘 하냐고 묻더니 자기도 화장해도 되겠느냐고 했다······.

인생에서 가장 중요한 교훈이 아이들 입에서 흘러나올 거라는 사실을 누가 알았겠는가. 우리 아이들은 내 결점을 보지 못하고, 내면의 눈을 통

해 있는 그대로의 아름다움을 본다. 그래서 지금은 그쪽에도 공을 들이고 있다.

그게 다가 아니다. 곰곰이 생각해보니 아이들이 수많은 방법을 통해 내 삶을 풍요롭게 해주고, 더 나은 감자 인간이 된 것처럼 느끼거나 실제로 그렇게 되도록 도와줬다는 사실을 깨달았다.

예를 들어 아이들은 항상 내게 무언가를 가르쳐준다. 내가 당연하게 여겼던 일들이나 더 생각해보지 않은 일들, 인간의 몸, 공룡, 광합성 식물(와, 정말 똑똑하네), 우주 등에 대해 전부 다시 배우고 있다······.

정말 신나는 일이 아닌가.

나는 아이들의 눈을 통해서, 나 혼자라면 그냥 무심히 지나쳤을 것들도 보게 된다. 아이들의 상상력과 창의력이 있어야만 주목할 수 있는 것들을⋯⋯.

세상이 갑자기 생생하게 살아난다.

난 마치 다시 여덟 살 때로 돌아간 것처럼 행동하고, 장난감 가게에서 스크루볼 스크램블Screwball Scramble(쇠구슬을 목적지까지 옮기는 게임 옮긴이)처럼 내가 갖고 싶은 멋진 물건들을 다 사면서 마치 아이들을 위해서 사는 척한다. 미끄럼틀을 타거나 바운시 캐슬^{Bbouncy Castle}(안에 공기를 채워 어린이들이 위에서 뛰어놀 수 있게 만든 푹신한 놀이기구—옮긴이)에서 펄쩍펄쩍 뛰는 등 재미있게 놀기도 한다. 날마다 아이스크림을 먹을 수도 있다.

또 아이들은 내가 늘 현실에 발 디디고 있게 해주고, 신선할 정도로 솔직하며, 내가 실패했을 때도 항상 옆에서 응원해준다.

나는 일의 우선순위를 정하고 한정된 자유시간을 소중히 쓰는 법을 배웠다. 먼저 쓰레기 같은 드라마 「홀리오크 Hollyoaks」 시청을 포기했다. 그리고 사람들에게 헛된 조언을 듣거나, 하고 싶지 않은 일을 하거나, 감동하지 않을 사람을 감동하게 하려고 애쓰는 걸 중단했다.

아이들이 날 자유롭게 해줬다.

아이들은 내 조수고, 따뜻한 포옹이 필요할 때 무릎 위로 기어 올라오는 작은 고양이고, 자신감 증진제이자 피로 해소제며, 내 모든 것이기도 하다. 정말 끔찍하리만치 지독한 하루를 보내거나 너무 지치고 짜증이 나서 인내심이 한계에 달할 수도 있다. 하지만 큰아들을 침대에 눕혔을 때 아이가 해주는 단순한 한마디에 인생의 다른 일들은 전부 대수롭지 않게 느껴진다. 계속 엉뚱한 표현을 쓰긴 하지만 아이가 말하는 방식이 좋아서 일부러 고쳐주지 않고 내버려 두고 있다.

나를 얕보는 사람들은 앞으로도 늘 있겠지만 내 아들은 언제나 날 우러러봐 준다는 걸 알기 때문에 딴 사람들의 시선은 별로 중요하지 않다. 나는 아이의 '세상 전부'에서 가장 멋진 사람이고, 갑자기 다른 중요한 일은 생각이 나지 않는다.

마지막으로 한마디, 여기까지 읽고 "뭐라고?!"라 말하고 싶은 분들에게 드리는 말씀. 이 파트 내용은 많은 부분이 이전에 했던 말과 상반된다. 예를 들어 앞에서는 아이들 때문에 외모가 추레해지고, 아이들과 놀아

주는 건 지루하며, 그들의 끊임없는 질문에 머리가 터질 지경이라고 하지 않았던가. 그래, 그렇게 말한 게 사실이다. 하지만 아이들이 원래 다 그렇지 않은가. 그리고 이게 인생란 것이다. 온갖 모순이 연이어서 발생하다가 결국 죽는 거다. 끝.

# #
아이들과 숙취: 우욱

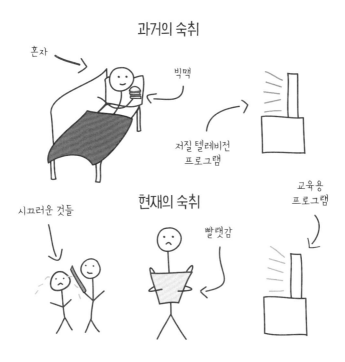

과거의 숙취

혼자

빅맥

저질 텔레비전
프로그램

현재의 숙취

시끄러운 것들

빨랫감

교육용
프로그램

나는 예나 지금이나 밤에 외출해서 즐겁게 노는 걸 좋아한다! 내가 클럽에 다니기 시작했을 때는 열여섯 살짜리가 클럽에 들어가도 경비들이 별로 신경 쓰지 않는 시대였다. 설령 내 나이를 물어본다고 해도 언니의 출생증명서나 엉터리로 만든 가짜 신분증을 보여주기만 하면 됐다. 부모님께 왜 내가 아직 학생일 때부터 밤 외출을 허락했느냐고 묻자, "넌 허락 안 해줘도 어떻게든 갈 거니까!"라고 말씀하셨다.

나와 친구들의 밤 외출은 대개 우리 집에서 시작됐다. 우리 집이 시내에서 가장 가깝고 우리 부모님은 TLC(미국의 리듬 앤드 블루스 트리오—옮긴이) 음반을 반복해서 틀어놓는 시끄러운 여자아이들을 언짢아하지 않으셨기 때문이다. 우리는 하프 사이즈 병에 든 보드카에 콜라를 섞어 마시고는 속옷에 좀 더 가까워 보이는 옷(혹은 진짜 속옷)을 걸치고 집을 나섰다. 만약 우리 주머니에 외투를 휴대품 보관소에 맡길 수 있는 50펜스가 들어 있었다면 더 의기양양했겠지만, 우리에겐 돈이 없었고 한겨울에도 배꼽 티에 미니스커트, 걷기도 힘들 만큼 높은 하이힐을 신고 휘청거리면서 집을 나서곤 했다. 어쨌든 남들 눈에 멋있게 보이면 되는 거니까.(지금 생각 해보면 정말 끔찍한 몰골이었지만) 진눈깨비가 좀 온다고 해서 우리를 막을 순 없었다.

술에 취해서 벌어진 재미있는, 혹은 비극적인 이야기가 너무 많기 때문에 그 주제만으로도 따로 책을 한 권 쓸 수 있을 정도다.『술의 악영향: 아이가 없던 그 시절』음, 이건 아닌가? 어쨌든 일행 가운데 최소한

한 명은 클럽에 도착하기도 전에 배수로에서 토하는 일이 종종 있었다. 이건 완전히 무책임한 행동일까, 아니면 통과 의례일까.

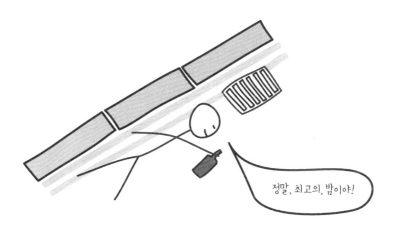

정말, 최고의, 밤이야!

그 판단은 여러분이 하길 바란다. 하지만 이 이야기의 요점은 다음 날 오후 1시까지 계속 잘 수 있는 상황이라면 아무리 술에 취한다 한들 문제 될 게 없다는 것이다.(여러분도 그랬던 적이 있는가? 난 지금은 기회가 있어도 못 한다) 그리고 숙취, 그것도 예전 같은 방식으로 다스릴 수가 없다. 패스트 푸드점에 가는 것으로는 해결되지 않는다.

그래도 요즘에는 상황이 좀 달라졌다.

나이가 들어서 좋은 점 중 하나는 갈수록 더 신중해지고, 또래 집단의

압력에 굴복하는 경향이 줄어든다는 것이다. 그래서 전반적으로 볼 때 밤 외출도 전보다 안전한 일이 되었다.

······ 아니면 이건 어떤 사람들에게만 해당하는 것일지도 모른다. 왜냐하면 나한테는 밤 외출이 더없이 멍청한 짓이기 때문이다. 나이가 들면서 더 나빠지는 부분이 있다면 아무리 좋은 상황에서라도 심한 골칫거리가 될 거다.

물론 처음에는 늘 좋은 의도로 시작한다······.

어서 오세요!
댁들이 좋아하는 술이 아주 많아요.
한 잔만······ 아니 일곱 잔만 마시고 가요.
당신을 비판할 사람은 아무도 없으니까!

딱 한 잔만 마시는 거다?
지난번처럼 하면 안 돼!

당연히 딱 한 잔만
마셔야지!

더없이 친근한 동네 술집

이건 그저 우리 집에서 자주 주고받는 농담일 뿐이다. J는 내가 전화를 받지 않고 약속 시간에 집에 들어가지 않으면, 배수로에 빠져 죽었을 가능성보다는 심야에 영업하는 술집에서 탁자 위에 올라가 저스틴 비버의 노래에 맞춰 춤추고 있을 가능성이 더 높다는 걸 안다.

파리로 가는
유로스타를 타자!

새벽 3시 반이야,
케이티. 이제 정말
집에 가야 한다고!

이 그림 제일 왼쪽에 있는 사람도 나라고 알려졌지만,
쉿, 아무에게도 말하면 안 된다.

내가 적절한 시간에 자리를 털고 일어나지 못하는 사람처럼 보일 텐데, 외출할 기회가 매우 드문 요즘에는 이런 증세가 전보다 더 심해졌다. 적당히 재미있고, 의식이 또렷하고, 즐거운 상태와······ 완전히 망가진 상태는 종이 한 장 차이다.

그래도 그 순간에는 정말 신나고 재미있지 않은가. 그 순간만큼은 내게 딸린 아이들이 있다거나 다음 날 지긋지긋한 약속이 잡혀 있다는 사실을 완벽하게 잊을 수 있다.

겨우 2시간밖에 자지 못했는데 아이들이 머리 위에서 펄쩍펄쩍 뛰는 바람에 새벽 5시 반에 잠을 깨면 그때야 비로소 아이들에 대한 기억이 돌아온다. 그리고 오전 11시에는 구역질 날 만큼 형편없고 짜증 나는 키즈 카페에서 열리는 다니엘의 생일 파티에 가야 한다는 참담한 현실을 깨닫는다.

차라리 날 죽여줘! 가끔은 내가 어른이라는 사실이 정말 싫다.

그리고 정신이 말짱한 날이라도 전처럼 자기 연민에 빠질 수 없다. 끝도 없이 리얼리티 프로그램을 보거나, 담요 아래에 숨어서 볼이 미어지도록 포테이토칩을 먹거나, 술김에 부끄러운 고백을 하지는 않았는지 미친 듯이 휴대 전화를 확인하면서 콜라를 붙잡고 우는 것도 불가능하다.

보통 우리 집에서는 가족 중 누군가가 상태가 안 좋다 싶으면 비교적 잘 대해주지만, 때로는 더없이 못되게 굴기도 한다. 왜냐하면 그러는 편이 재미있으니까! (상태가 괜찮은 사람 입장에서는)

268

이럴 때는 숙취에 시달리는 동안 아이들을 다루기 위한 10단계 프로그램을 가동한다.

1. 죽은 척한다.

2. 좀 더 오래 죽은 척한다.

3. 바로 이거다. 아이들이 결국 지루해져서 여러분을 혼자 놔두고 가버리기만을 바라야 한다······.

이 미끼에 넘어가면 안 된다. 계속 죽은 체해야 한다. 삶에 기여할 수 있는 시간은 곧 다시 찾아온다. 하지만 지금은 아니다.

안 돼! 이제 다른 한 명까지 합세했다······.

이보다 더 나빠질 수는 없다고 생각하는가? 가능하다······.

문제는 내가 눈을 감으려고 할 때마다 아이들이 알아차린다는 것이다.
아이들과 함께 형편없는 프로그램을 보는 동안에도 내가 집중하고 있는
지 계속 확인하면서 손가락 끝으로 내 눈꺼풀을 비틀려고 한다.

271

나는 언제나 아이들을 사랑하니까 숙취에 시달릴 때도 아이들과 시간을 보내고 싶지만, 그건 불가능하다. 게다가 실제로 같이 놀지 못하면 점점 늘어나는 고민 목록에 죄책감까지 추가된다······.

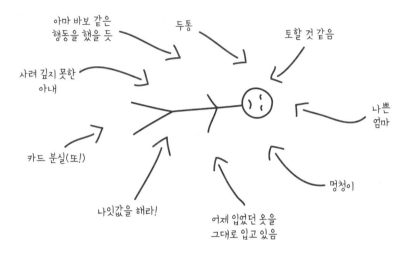

어쩌면 자리에서 일어나 집 밖으로 나가서 충격 요법으로 숙취를 털어내야 할지도 모르겠다. 자, 유적지나 방문하러 가볼까. 나는 어른이고, 어른들은 쉬는 날 그런 일을 하는 법이니까!

하지만 일단 그곳에 도착하면 더는 확신이 서지 않는다. 모든 게 너무 밝고 다채로우며, 다른 이들은 모두 무서울 정도로 제대로 활동하고 있기 때문이다. 사람들은 돌아다니면서 아름다운 꽃을 보고 이야기하는데, 나는 지금 막 시끄러운 꼬맹이들에게서 몸을 숨기고 장식용 분수에 토하지 않으려고 애쓰고 있다.

이건 절망적인 상황이다. 아이들이 있는 사람은 절대 숙취를 앓을 수 없다.

(그래도 그럴 만한 가치는 있었다. 비버 오빠, 조만간 또 봐요! 사랑해요!)

# #
아이들과 보통 인간들

아이들에 대해서 한 가지 확실한 사실은, 자기가 좋아하는 일을 할 때는 대부분 상태가 괜찮다는 것이다. 문제는 아이들이 하기 싫어하는 일, 그들의 최악의 모습을 끌어내는 일도 많다는 거다. 이 문제가 더 심각한 건, 대개 이런 일은 다른 사람들 앞에 있을 때 벌어지기 때문이다. 따라서 여러분이 남들에게 계속 관찰당하고 있다는 점을 고려해서 유명 백화점에서 23센티미터 길이의 주방 칼을 들고 사납게 날뛰려는 걸 좀 말렸다고 아이가 난리를 칠 때도 침착하고, 인내심 많으며 평온한 모습을 유지해야 한다.

오, 귀염둥이야, 물론 짜증이 나겠지만
그래도 네가 칼을 갖고 놀게 놔두진 않을 거야.
지금 네가 어떤 기분인지
우리 이야기 좀 해볼까?

으아아앙!

그리고 남들 눈에 좋은 사람처럼 보이려고 노력하는 건 정말 피곤한 일이다! 때로는 얼른 집에 돌아가서 진짜 내 모습을 드러내고 싶어 견디기 힘들 정도다……

하지만 안타깝게도 우리의 삶이 자녀들만을 중심으로 돌아갈 수는 없는 법이다. 때로는 이런저런 일을 해야 하는데, 아이들은 그 일을 1만 배 더 힘들게 만든다.(이건 과학적으로 증명된 사실이다) 내가 특히 싫어하는 일들은 다음과 같다.

볼일, 또는 약속

난 볼일 보러 다니는 걸 싫어한다. 정말 재미없지 않은가. 지루한 삶과 거기 따라오는 온갖 행정적인 일들. 그런데 이런 볼일보다 더 나쁜 게 뭔지 아는지 모르겠다. 바로 아이를 데리고 볼일을 보러 다니는 거다. 난 무슨 수를 써서라도 아이를 데리고 가는 건 피하려고 한다. 정말 싫어하기 때문이다!

이건 사실이다. 이렇게 밝히고 나니 덕분에 기분이 좀 좋아졌다.

내가 말하는 건 병원에 가거나 말도 안 되게 비싼 학교 신발을 맞추려고 발 치수를 재러 가거나, 슈퍼마켓에 '잠깐 들르거나' 우체국에 줄을 서서 기다리는 일 등이다.

그렇다면 이런 일들의 공통점은 무엇일까. 기다려야 한다는 것이다.

우리 아이들은 선반에 놓인 물건들을 꺼내고, 선반에 놓인 물건을 꺼내면 안 된다고 타일렀다는 이유로 바닥에 드러눕고, 소리 지르고, 이리저리 몸을 부딪치고, 달아나고, 어쩔 수 없이 그 자리에서 지켜보고 있는 관객들 앞에서 내가 좋아하는 일종의 '쇼'도 벌이면서 대기 시간을 완벽한 악몽으로 만드는 걸 좋아한다.

야. 야. 야. 안 돼. 안 돼. 안 돼.

쇼핑

쇼핑도 볼일에 속하긴 하지만 특히나 참혹하고 충격적인 속성 때문에 따로 언급될 자격이 있어 보인다. 예전에는 쇼핑을 여가 활동이라고 생각했지만, 지금은 인내력 테스트에 가깝다.

아이가 생기기 전에 했던 쇼핑과 그때 하던 일들이 기억나는가. 매장들을 차분하게 둘러보고, 책을 한 권 집어서 휙휙 넘겨보기도 하고, 향수도 약간 뿌려보고, 드레스를 골라 거울에 비춰보기도 하고, 에스컬레이터를 타고 올라갈 때면 산들바람이 머리카락을 스치고 지나가면서 근사한 향초 냄새가 풍겨오던…… 아마도 이런 걸 아이쇼핑이라고 하지 않던가.

하지만 이런 즐거운 아이쇼핑 시간은 아이가 태어남과 동시에 사라지고, 그때부터는 눈에 띄는 걸 허둥지둥 사재기하게 된다.

혼자 쇼핑할 수 있는 시간과 기회가 생겨도 어떻게든 그 시간을 즐겨야 한다는 압박감 때문에 지금 제대로 즐기지 못하고 있다며 허둥대다가 결국 또 사재기해버린다. 휴.

그래도 두 아이를 데리고 다니는 쪽을 선호하는데, 그 이유는……

쇼핑은 전부 인터넷으로 하라고 충고하고 싶다. 인터넷은 여러분의 친구다. 아니, 단순한 친구 이상의 존재다. 온전한 정신 상태를 유지하게 해주는 귀한 생명줄이다.

결혼식

아이들은 결혼식 분위기를 사랑스럽게 만든다. 자기 아이를 데려가는 경우는 제외하고 말이다. 이 경우에는 아이들이 결혼식을 망쳐놓기 일쑤다. 깔끔하게 차려입은 모습은 귀엽고, 사진에도 예쁘게 나오고, 어른들이 술잔을 기울이는 동안 잔디밭을 뛰어다니면서 깔깔거리는 모습이 잠깐은 괜찮아 보인다. 하지만 그게 끝이 아니다. 결국에는 다들 서로를 방해하게 된다. 어지간하면 나도 긴장을 풀고 오랫동안 못 만난 친구들과 회포를 풀고 싶은데, 우리 아이들은 제멋대로 결혼식 케이크에 입을 대거나 부적절한 순간에 부적절한 말들을 외쳐대고 있다.

우리 부부의 결혼식에도 아이들이 참석했는데, 이는 우리가 큰아들이 태어난 뒤에 결혼식을 올려서 식에 큰아들을 초대하지 않을 도리가 없기 때문이었다.(안 그래도 되었을까?!)

난 결혼식에 초대받았을 때 그쪽에서 먼저 "죄송하지만 아이는 데려오지 마십시오"라고 말해주면 아주 기쁘다. 그러면 모두가(나를 포함해서) 훨씬 즐겁게 지낼 수 있기 때문이다. 손님 목록에서 아이들을 제외했을 때 발생할 수 있는 유일한 위험은, 오랜만에 외출해서 공짜 술을 퍼 마시고 취한 부모들이 자녀보다 나은 행동을 보이리라 기대하기 힘들다는 점이다.

그냥 소변 좀 보려고 할 때

더 말할 필요가 있을까?!

아이가 없는 친구를 방문할 때

아이가 없는 친구들에 대한 이야기는 앞서 잠깐 꺼낸 적이 있다. 평소에는 마음 편히 찾아갈 수 있는 친구들이지만, 아이들을 데리고 갈 때는 이야기가 다르다. 아이들은 아이가 없는 사람들의 집을 파괴하기 시작한다. 왜냐하면 다른 할 일이 없기 때문이다. 아이가 없는 사람들은 물론 자기 집이 파괴되는 걸 좋아하지 않고 겁을 낸다. 다들 그냥 술집이나 가고 싶어 하고, 결국 약간 어색한 분위기 속에서 자리가 마무리된다. 아이들은 봐주는 사람에게 맡겨두고 가서 즐기자. 끝.

외식

난 문신을 별로 좋아하지 않는다. 내 엉덩이에는 끔찍한 디즈니 문신이 있는데, 열일곱 살 때 처음으로 여자 친구들끼리 콘월로 휴가를 갔을 때 새긴 것이다. 새긴 당시에도 이상했던 문신은 거의 20년이 지난 지금 더 흉측해졌지만(그렇다, 당시에도 술에 취해 있었다) 그래도 내가 젊었던 시절, 공공장소의 출입구 앞에서 위의 내용물을 비울 수 있었던 그 시절을 떠올리게 해주니까 그럭저럭 마음에 드는 편이다. 주제에서 벗어났는데, 만약 내가 문신을 좋아한다면 '아이들과 함께 외식하는 건 50파운드를 낭비하는 최악의 방법이다'라는 문신을 새길지도 모른다.

이런 문신이 있으면 내 머리가 최악의 기억을 차단하는 바람에 몇 달에 한 번씩 똑같은 실수를 되풀이하는 걸 피할 수 있을 것이다.

외식의 문제는 음식이 너무 다양하고(그러니 의심스러울 수밖에) 시간이 너무 오래 걸리며(오래 앉아서 기다려야 하는데, 다들 기다리기 싫어한다) 아이가 음료수를 마시다가 뻔뻔스럽게 어깨너머로 컵을 던질 경우, 어떤 식당은 별로 '아이 친화적'이지 못하다는 사실이 드러난다는 점이다.

대중교통

아이들의 즐겁고도 무례한 수다에서 벗어날 방법은 없는 걸까? 우리 아이들은 버스나 기차에 탈 때면 늘 남을 의심하지 않는 불쌍한 사람을 고른 뒤, 내 귓가에 입을 대고 나름대로 속삭인다고 하면서 실은 고막에 대고 소리를 질러댄다······.

누가 봐도 여자인 게 틀림없는 사람한테 이러는 거다!

# #

지금과 그때

난 아주 멋진 어린 시절을 보냈다. 기본적인 문제를 떠나서, 내 영혼이 어떻게 이 육신 안으로 들어와 우리 부모님 밑에서 태났는지는 잘 모르지만, 어쨌든 이런 부모님을 가진 건 정말 큰 행운이다.

내 어린 시절이 어땠느냐고 물어보면(물론 묻지 않았다는 걸 알지만 쉿, 이건 내 책이다!) 머릿속에는 자동으로 워딩Worthing 해변의 바다에 에어 매트를 띄우고 놀거나 바위 웅덩이에서 게를 잡던 일, 언니들이나 동네에 사는 다른 아이들과 어울려 밖에서 놀던 일, 자전거를 타고 돌아다니다가 땅거미가 지면 마지못해 집으로 돌아가던 일이 떠오른다.

엄마는 항상 우리를 위해 그 자리에 계시면서 토스트와 간식을 만들어 주셨지만, 우리가 할 일을 기를 쓰고 찾으려고 하셨던 기억은 없다. 우리는 보드게임을 하거나 고스트버스터즈Ghostbusters게임을 했다. 용돈을 받으면 신문 가판대에 가서 달콤한 간식거리를 사 먹었다. 딥댑DipDab과 틱택Tic Tac이라는 셔벗을 사 먹으면서 그게 우리에게 마법의 힘을 안겨주는 약이라고 상상했다. 또 달콤한 맛이 나는 담배를 사서 피우기도 했는데, 그게 멋있어 보인다고 생각했기 때문이다. 이야기를 쓰기도 하고 마이 리틀 포니를 가지고 놀기도 했다. 분홍색 드림 캐슬도 있었다. 인생은 정말 근사했다.

아빠는 근면하게 일하는 전통적인 아버지의 역할을 하셨다. 여덟 살 때 진토닉을 처음 맛보게 해준 것도 아빠였는데(그때는 입에 넣자마자 뱉어냈다) 지금도 최고의 진토닉을 만드신다. 아빠는 우리가 성인이 되어 마침내 술집에서 아빠에게 맥주를 사드릴 수 있게 된 게 최고의 육아 경험이라는 걸 인정하실 것이다. 1970년대 말에서 1980년대에 처음 부모가 되었을 때 어땠는지 엄마 아빠에게 묻기로 했다. 그래서 루이스 서루Louis Theroux(영화감독이자 방송인-옮긴이)를 흉내 내며 엄마가 만든 최고의 요리, 뵈프 부르기뇽Boeuf Bourguignon을 먹으면서 인터뷰했다.

나: 갓난아기를 데리고 집에 돌아올 때 기분이 어땠는지 기억나세요?

엄마: 당황스러웠지. 말도 못하게 당황스러웠어.

아빠: 말도 마, 정말 끔찍했단다.

[아빠, 건배!]

엄마: 너랑 캐롤라인(큰언니) 둘 다 1월에 태어나서 춥고 눈까지 내리는데 뭘 어떻게 해야 하는지 하나도 모르겠는 거야. 중앙난방 장치도 없어서 아빠가 난롯불을 피우고 네게 벙어리장갑을 끼우고 털모자를 씌워서 침대에 눕혔지.

아빠: 우리 어머니와 장모님 모두 멀리 떨어진 곳에 사셔서 주변에 도와줄 사람도 아무도 없었어.

엄마: 그리고 전화도 없었거든. 캐롤라인이 울음을 멈추지 않아서 엄마에게 전화를 걸려고 큰길까지 달려갔던 기억이 나는구나.

아빠: 꼭 19세기 같지 않니? 크게 다를 것도 없었지. 온갖 멋진 장비

가 없어도 아이들은 살아남을 수 있다는 걸 보여주는 거야.

나: 아이를 키우면서 가장 힘든 부분은 뭐였어요?

엄마; 천으로 만든 기저귀. 주방과 침실, 거실 곳곳에 더러운 기저귀가 든 통들이 놓여 있었지.

아빠: 집 전체에 세제 냄새가 진동했어. 정말 지독했지.

엄마: 계속 빨아서 불 앞에서 말려야 했거든. 아주 커다란 기저귀 핀이 달린 천을. 몸부림치는 아기를 붙잡고 기저귀 핀을 꽂으려고 하는 걸 상상할 수 있니?

나: 아뇨, 일회용 기저귀를 입히는 것도 너무 힘든데!

엄마: 아기가 물똥이라도 싸면 그대로 다 새버렸지. 넌 엉덩이가 늘 짓물러 있었어. 아, 그리고 남들이 모유 수유는 4시간에 한 번씩 해야 한다고 하더라. 하지만 난 그 조언을 무시했어. 갓난아기에게 4시간에 한 번씩 젖을 먹이는 게 말이 된다고 생각하니?

나: 아뇨, 처음에는 쉬지 않고 먹잖아요.

엄마: 밖에 나가서 젖을 먹이는 것도 절대 안 될 일이었지. 한마디로 불가능했어. 아이들에게 젖을 먹이려면 집에 오거나 아니면 육아용품점을 찾아가야 했어.

아빠: 그래도 꼭 그렇게 나쁜 것만은 아니었어. 그러지 않을 때도 많았는데······.

엄마: 당신은 대부분 그 자리에 없었잖아요!

[웃음]

엄마: 당신은 회사에 있었으니까. 책 몇 권 읽어보고 다 괜찮을 것처럼 생각하긴 했지만, 말같이 쉬운 일이 아니었어. 가까운 곳에 가족이 없었으니까 사람들을 만나러 놀이 그룹에 다니기 시작했지.

아빠: 그때는 인터넷도 없고, 온라인으로 접속할 수 있는 사람도 없으니

그게 유일한 방법이었지.

나: 아빠들은 대체로 별로 도움이 안 된다고 생각했던 거죠?

아빠: (멋쩍은 표정으로) 난 아무것도 안 했어.

엄마: 네 아빠는 기저귀 한번 갈아준 적이 없단다!(부모님은 아빠가 기저귀를 갈아준 적이 있는지 없는지를 놓고 논쟁을 벌이셨다. 아마 몇 번쯤은 해줬던 듯하다)

엄마: 요즘에는 아빠들도 육아하는 데 훨씬 많이 참여하는 것 같더라, 그렇지?

아빠: 내가 아이들 키우는 데 기여한 거라고는 너희들이 말을 안 들을 때 텔레비전 안테나를 치운 것뿐이지.(아빠는 안테나를 당신 가방에 넣어 출근할 때 가져가곤 하셨는데, 당시 「네이버스Neighbours」와 「홈 앤 어웨이Home and Away」라는 프로그램에 푹 빠져 있었던 내게 그건 최악의 벌이었다)

엄마: 아이들 재우려고 유모차에 태우고 거리를 걸어 다니기도 했잖아요.

아빠: (기쁜 표정을 지으며) 맞아, 맞아 그러기도 했지.

나: 요즘과 또 다른 점이 있다면요?

엄마: 예전에는 카시트도 없었어!

나: 아, 맞다. 전 트래블 시스템Travel Systems(카시트 겸용 유모차—옮긴이) 때문에 애태웠던 적이 있어요.

엄마: 트래블 시스템이 뭐니?

[트래블 시스템이 뭔지 설명]

아빠: (비웃으면서) 우리는 그냥 유모차 윗부분을 뒷좌석에 놓아뒀지. 그게 우리의 트래블 시스템이었어!

엄마: 요새 부모들은 무척 힘들 것 같구나. 너도 그러고 사는 거니? 그리고 담배 말인데, 네 아빠는 아이들 옆에서 계속 담배를 피웠어.

[두 분 모두 폭소]

나: 그럼 우리를 즐겁게 해주려고 하신 일은 뭐예요?

엄마: 그때는 휴가라는 게 따로 없어서 멀리 여행 가거나 한 적이 없어. 그렇죠, 마이클? 아무도 안 그랬지. 페니와 데렉 부부는 이동식 트레일러를 갖고 있었는데 그냥 그 자체로도 이국적이었어. 우린 샌드위치를 싸서 너희를 데리고 해변에 놀러 간 게 다였지.

나: 내 기억에 그런 날에는 늘 더웠어요. 여름에는 매일같이 해변에 갔었죠?

엄마: 거의 매일 갔지. 하지만 늘 덥지는 않았어.

아빠: 내가 어릴 때도 늘 더웠지. 서른 살이 되기 전에는 비도 안 올 거로 생각했는걸!

나: 그리고 또 뭘 했죠?

엄마: 요새는 아이들을 위한 음식을 뭐든지 사 먹일 수 있잖아? 네가 어릴 때는 그런 게 없었어.

[더 큰 웃음]

나: 그래도 우린 바깥에서 많이 놀았잖아요. 그렇죠?

엄마: 그래, 널 집 안에 붙잡아둘 만한 게 없으니까 노상 나가 놀았지. 너한테 무슨 일이 생길지도 모른다는 걱정은 해본 적이 없어. 당연히 안전하겠거니 했지.

나: 우리가 어릴 때 엄마도 일하셨어요?

엄마: 그래, 거의 다 어떤 식으로든 일을 했지. 하지만 난 너희들 가까이에서 할 수 있는 일만 했어. 귀걸이를 만들고, 시장에서 드라이플라워를 팔고, 밤에 너희들이 잘 때는 간호사 일도 했어.

나: 우리를 보육 시설에 맡기기도 했어요?

엄마: 그때는 어린이집이 없었고 3세 이하의 아이들을 위한 시설은 아예 없었어. 그래서 그냥 친구들에게 부탁했지. 지역 사회에 의존한 셈인데 주변에 가족이 없는 사람들은 자신을 위한 시간을 거의 낼 수 없었단다.

아빠: 에밀리(막내 언니)가 입학했을 때 내가 하루 휴가를 낸 적이 있어. 그리고 네 엄마랑 타파스 바에 갔는데, 실로 몇 년 만의 자유였지. 둘이서 와인을 한 병 마시고는 너희들을 데리러 학교에 갔어.

[웃음]

나: 요즘 아이들은 버릇이 없다고 생각하세요? 우리 아이들은 아무리 장난감이 많아도 만족할 줄 모르고 늘 다른 사람이 더 좋은 물건을 가지고 있다고 생각하거든요.

엄마: 너도 장난감이 많았지만 금방 다들 똑같은 물건을 가지고 있다

고 생각했잖니. 요즘 아이들은 워낙 선택의 폭이 넓어서 그런지 다양한 단계를 거치는 것 같더구나. 우리 때는 절대로 그렇게 돈을 많이 쓰지 않았어.

나: 생일 파티도 갈수록 사치스러워지고 있어요. 생일 파티 한 번에 수백 파운드를 쓴다니까요.

엄마: 우리도 늘 파티를 하긴 했지만 거의 집에서 했어. 게임할 때 쓰는 꾸러미도 직접 만들어서 신문지로 포장했고. 난 케이크를 굽고 치즈, 파인애플로 만든 고슴도치, 포테이토칩 같은 걸 상에 내놓았어. 지금보다 훨씬 절제된 파티였던 셈이지.

나: 예전에 패스트푸드점에서 하는 파티에 참석해서 주방 투어를 했던 기억이 나요! 또 우리가 열었던 디스코 파티도 계속 기억나는데, 그때 아빠가 나무판자에 네 가지 색의 전구를 매달아서 조명을 만들어주셨죠!

[웃음]

아빠: 아, 그건 까맣게 잊고 있었구나! 내가 그랬었지. 그때 네가 아주 좋아했었어.

나: 세련미의 절정 같았어요!

나: 그럼 음식 이야기로 넘어가서, 우리가 먹는 음식 때문에 걱정하셨나요?

엄마: 네가 제일 까다로웠지. 너희들 모두 다른 음식을 좋아하는 바람에 세 가지 요리를 따로따로 만들기도 했어.

나: 그래서 전 우리 아이들은 너무 걱정하지 않으려고요. 아무리 식습관이 나빠도 저만큼 나빠질 것 같지는 않거든요.(난 15세까지 감자 이외의 채소를 전혀 먹지 않았다)

나: 이거에 대해 어떻게 생각하세요?

[어떤 부모들이 아이를 위해서 만든
근사한 점심 도시락 사진을 몇 장 보여드렸다.]

엄마: 세상에! 정말 멋지구나.

나: 요새는 건강한 식습관이 전보다 더 중요해진 것 같아요. 좋은 일이긴 하지만 때로는 좀 비현실적이라는 생각이 들기도 해요.

엄마: 그러게, 너는 날마다 똑같은 것만 먹었으니까!

297

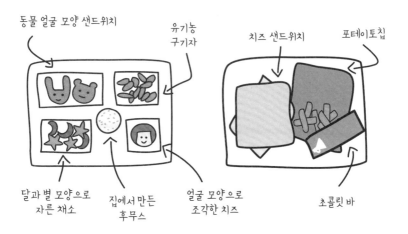

지금

동물 얼굴 모양 샌드위치

유기농 구기자

달과 별 모양으로 자른 채소

집에서 만든 후무스

얼굴 모양으로 조각한 치즈

그때

치즈 샌드위치

포테이토칩

초콜릿 바

나: 다른 부모에게 비판받는다는 느낌이 들거나 일을 특정한 방식으로 해야 한다는 압박감을 느낀 적이 있으세요?

엄마: 아니. 그때는 지금과 달랐어. 다양한 언론 매체도, 유명 인사도, 인터넷 게시판도 없었으니까. 다들 따라야 하는 완벽한 생활방식도 없었지. 지금은 모든 게 상업화되었잖아. 우리도 거기에 익숙해지면서 다들 같은 문제를 안게 되었어. 독창적이지 않고 평범한 기본 장비를 가진 거지.

아빠: 하지만 아기들은 분명 똑같지. 다만 우리에게는 지금 같은 '온갖 물건'이 없었던 것뿐이야. 한편으로 생각하면 정신을 산만하게 만드는

게 전혀 없었던 옛날이 여러모로 훨씬 쉬웠던 것 같기도 해. 요새는 부모들한테 가해지는 부담이 너무 많아.

나: 아빠 말씀이 맞아요. 저도 그렇게 생각해요.

나는 나의 유년 시절 경험에서 많은 걸 배울 수 있다고 생각한다. 첫째, 아이들에게 정말 '필요한' 것은 무엇인가. 물론 카시트를 사지 말라는 말은 아니다. 하지만 아이에게 별로 필요 없는 장비들과 수많은 장난감은 생각을 좀 해봐야 한다. 외국에서 보내는 휴가와 값비싼 당일 여행도 마찬가지다. 아이들은 아마도 영국 어촌 마을 마게이트 Margate와 최고의 휴양지 몰디브의 차이를 모르는 듯하며, 보통 그냥 동네 공원에나 가고 싶어라 한다. 실제로 큰아들이 최근에 이렇게 말했다. "아주 커다란 막대기를 주웠던 때가 기억나요. 정말 길었죠. 그걸 종일 끌고 다니느라 너무 피곤해서 거의 죽을 뻔했어요. 하지만 죽지는 않았죠. 그날이 정말 최고였지 않나요?!"

난 아이가 말하는 이 특별한 날에 대한 기억이 없다. 하지만 페파 피그 월드라는 아주 기분 나쁜 곳에 가서 큰돈을 쓰고도 내내 아이들이 우는 모습만 보고 온 뒤에 자신을 때려주고 싶었던 일은 기억난다.

교훈 자기가 감당할 수 없는 일을 억지로 하려고 하지 말자.

둘째, 난 어릴 때 버나드 매튜스 Bernard Matthews의 칠면조 버거와 에인절 딜라이트 Angel Delight를 무지하게 먹었지만 죽지 않고 살아남았다.(아직까지는) 어릴 때 입맛이 불쾌할 정도로 까다롭던 나도 지금은 다양한 음식을 즐긴다는 걸 알면 마음이 놓일 거다.

마지막으로 아이들을 가끔 무시하는 것도 괜찮다. 아니 그러는 게 좋다. 큰아들은 근사한 장난감 가게와 매우 비슷한 수준인 우리 집에서 "할게 아무것도 없어!"라며 끊임없이 투덜댄다! 때로는 아이와 놀아줄 수 없거나 놀고 싶지 않을 때가 있다. 그럴 때는 점잖고 단호한 태도로

300

"엄마는 지금 바빠"라고 말한다. 그러면 결국 아이는 방금 "너무너무 지겹다"고 말한 레고로 근사한 걸 만들면서 논다. 아이들이 혼자 즐겁게 놀면서 자신의 상상력을 발휘할 수 있다는 건 좋은 일이다. 현실에서 우리는 늘 무시당하며 지내는 상황이니, 아이에게 지나치게 많은 관심을 기울이는 건 오히려 해가 될 수도 있지 않겠는가.

이런 방식을 통해 우리 아이들이 평생 온실 속 화초처럼 살아가기보다는 자급자족할 수 있는 사람으로 성장하기를 바란다.

# #
헛된 협박의 대가

우리 집에서 아주 완벽하게 잘하는 일이 몇 가지 있는가 하면(주방에서 춤추기, 잼 바른 토스트를 걸신들린 듯이 먹어치우기, 방귀 뀌기 등) 전혀 잘하지 못 하는 일도 있다.(앞서 이야기한 것을 제외한 거의 모든 일들)

기본적으로 우리가 자진해서 하는 일들은 재미있거나 즐겁거나 맛있다는 기준을 충족해야 한다. 하지만 옷을 입는 건 이 범주 가운데 어디에도 속하지 않기 때문에 제시간에 학교, 어린이집, 직장에 가야 한다는 실제 상황에서 끊임없이 문제를 일으킨다. 물론 전체적인 과정을 조정해서 일을 쉽게 만들 수도 있지만, 일반적인 부모들처럼 우리도 큰아들에게 책임감을 심어주려고 열심히 노력하는 중이다.

그래서 우리 집에서는 다음과 같은 규칙들을 새로 정했다.

- 아침을 먹으러 아래층에 내려오기 전에 혼자 옷을 입어야 한다. 혼자 하지 못한다는 주장은 혼자 옷을 입었던 어제의 상황과 완전히 모순된다.(비록 45분 동안 완전히 지옥 같은 상황이 벌어지기는 했지만)
- 집을 나서기 전에 자기 발에 자기 신발을 신어야 한다. 신발 한 짝에 발가락 하나를 찔러넣고 못 하겠다고 선언하는 건 충분히 노력했다고 간주할 수 없다.
- 옷에 오줌을 싸기 전에 화장실에 가는 것도 긍정적인 행동으로 간주한다.

실망스럽지만 개선된 부분이 거의 없다. 아마 협조를 끌어내기 위해 선택한 방법이, 말도 안 되는 협박을 한 뒤 그걸 절대 실행에 옮기지 않는 것이기 때문일지도 모른다. 미안해요, 슈퍼 내니Super Nanny. 다 내 잘못입니다.

이 문제에 대해 생각해본 결과, 내 입에서 나오는 말들이 형편없는 헛소리가 많다는 사실을 깨달았다! 실제로 하루가 끝날 무렵이 되면 종일 다음과 같은 공허한 협박만 쏟아내다가 진이 빠진 기분이 들 때가 많다.

위협― 지금 당장 신발 안 신으면 혼자 남겨놓고 갈 거야!
문제― 집도 파괴되고 아이도 엉망이 된다. 게다가 음, 아이를 혼자 두는 건 영국에서는 불법이다.

위협― 이제 텔레비전(또는 아이패드) 못 봐!
문제― 차라리 내 머리를 쏴버리는 편이 낫지. 아이들에게 텔레비전(또는 아이패드)을 보여주는 건 내가 다른 일을 처리할 수 있는 유일한 방법이다.

위협― 장난감 치우지 않으면 중고품 가게에 갖다 줄 거야!
문제― 솔깃한 방법이긴 하다. 하지만 사실 난 마음이 너무 약하고 우리 아이들이 무섭기도 하다.

위협— 당장 멈추지 않으면 지금 바로 키즈 카페에서 나갈 거야!
문제— 막 입장료 10파운드를 내고 라떼를 주문한 참이다.

위협— 다니엘 엄마한테 전화해서 이따가 우리 집에 놀러오지 말라고
말해야겠다!
문제— 다니엘의 엄마와는 배트맨이 아닌 다른 주제로도 이야기를 나눌
수 있다. 나도 그런 대화가 그립다.

위협— 자꾸 그런 짓 하면 슈퍼마켓에 안 데려갈 거야!
문제— 이 신중하지 못한 발언 때문에 엉뚱한 결과가 생길 수 있다.

위협— 지금 안 오면 혼자 집에 가야 해.
문제— 자동차와 범죄자들. 어쩌면 죽을 수도 있다. 아이를 유기한 죄로
감옥에 갈지도.

위협— 좋아, 이번 휴가 여행은 없던 일로 하자.

문제- 칫솔을 욕실 창문 밖으로 던진 것 때문에 수백 파운드를 손해 볼 생각은 없다.

위협- 그렇게 빈둥거리면 차 안 태워주고 걸어가게 할 거야!
문제- 걸어서 가면 시간이 다섯 배나 더 걸리고 도중에 울면서 떼를 쓸 위험이 많다.

위협- 네 저녁밥을 쓰레기통에 버릴 거야!
문제- 이 음식을 만드는 데 1시간이나 걸렸다. 그런데 이제 그 종말을 애통해하며 바라만 보게 생겼다.

위협- 선생님께 내일은 학교에 몇 시에 간다고 말씀드릴까?
문제- 엄마와 아들 모두 상당히 한심해 보일 것이다.

위협- 곰 인형(혹은 아이에게 위안을 주는 다른 물건) 갖다버릴까?
문제- 이건 너무 비열한 짓이다. 나 자신이 정말 나쁜 엄마가 된 기분이 든다.

306

위협- 셋까지 세고 그다음에······.

문제- 아무 행동도 하지 않는다. 정말 아무것도 안 한다.

그렇다면 이런 협박을 통해 내가 얻을 수 있는 건 뭘까. 아무것도 없다. 실행에 옮기지 않는 협박에는 아무 의미도 없다. 그건 알지만 나도 사람이다. 얼른 집을 나서야 한다는 압박감을 느끼면 머리에서 확인하지 않은 말들이 입 밖으로 먼저 튀어나오게 된다.

그래서 부정적인 부분에 초점을 맞추지 말고 긍정적인 면에 집중하기로 했다. 사람들이 말하길 칭찬 스티커 판이 기적 같은 효과를 낸다고 한다. 하지만 칭찬 스티커 판에 대한 의견은 둘로 갈리는 듯하다. 어떤 이들은 그 효과를 깊이 신뢰하는 반면, 아이가 예의 바르게 행동하게 만드려고 뇌물을 줘야 한다는 생각 자체를 마음에 들어 하지 않는 이들도 있다. 난 아이들이 협조해주기만 한다면 그 이유가 무엇이든 신경 안 쓰는 쪽이다.(물론 체벌은 제외하고) 그리고 살면서 부딪히는 일들은 대부분 시도해볼 만한 가치가 있다고 생각한다.(물론 마약은 제외하고)

일반적으로 칭찬 스티커 판은 마약이랑은 관련이 없고, 또 아이들이 즐거운 마음으로 예의 바른 행동을 하게 해준다고 하니 본격적으로 시도해보기로 했다.

307

표를 그릴 때는 단순하게 두 가지 문제만 다루기로 했다.

반드시 할 수 있다!

	월	화	수	목	금	토	일
오줌 싸지 않기							
심술부리지 않기							

이것만 해도 기본적인 부분은 모두 포함되는 것 같지만, 전반적인 성격 유형을 포괄적으로 다루려고 하기보다는 좀 더 구체적이어야 한다고 판단했다. 그래서 앞에서 이야기한 옷 입기 규칙에 다음과 같은 내용을 추가했다.

- 동생에게 친절하게 대하기
- 얌전하게 밥 먹기
- 자기 침대에서 자기

- 아무것도 아닌 일로 울지 않기

하루 스티커를 받으면 작은 보상(간식 통에서 원하는 간식 고르기)을 주고, 거의 일주일 내내 스티커를 받으면 더 큰 보상(아이가 몹시 탐내는 옵티머스 프라임 Optimus Prime 피겨)을 주기로 했다.

아주 간단하지 않은가?

아니, 우리 생각이 짧았다······.

와, 저녁 다 먹었으니까 이제 프라임 받을 수 있어요?!

접시에 담긴 음식 절반을 바닥에 던진 건 먹은 것으로 칠 수 없고, 일주일 동안 충분한 스티커를 모아야 주말에 옵티머스 프라임을 받을 수 있다고 설명했지만 아이에게 잘 통하지 않았다. 일주일은 '영원'과 맞먹는 긴 시간이기 때문이다!

우리는 여전히, 바로 그 순간 자기 눈앞에서 벌어지는 일이 아니면 무슨 말로 설득해도 호소력을 발휘하지 못하는 짜증 나는 단계에 머물러 있는 듯했다.

하루에도 스무 번씩 칭찬 스티커 판의 이용 규칙을 반복 설명하면서 그와 동시에 집 안팎의 모든 표면에 붙어 있는 스티커를 떼러 다녀야 했다. 혹시 엉덩이 전체가 배트맨 캐릭터 스티커로 장식된 채 브라이턴 지역을 배회하는 궁핍한 행색의 금발 여자를 본다면 아마 나일지도 모른다. 그런 사람을 보거든 주저 말고 다가와서 스티커를 떼주면 고맙겠다. 친절한 그분에게 감사의 포옹을 해드리겠다.

지금까지 의견을 종합해볼 때, 난 칭찬 스티커 판이 마음에 들지 않는다. 스티커를 가지고 있는 아이들보다 더 싫을지도 모르겠다. 가장 싫은 부분 중 하나는 자신의 한심한 실패를 받아들이는 법을 배우라고 강요하는 거다. 예를 들어 칭찬 스티커 판을 겨우 스5퍼센트 정도 채운 뒤 이런 상황이 벌어진다.

그래도 칭찬 스티커 판을 이용한 덕에 생기는 장점이 있을지도 모른다.

 반드시 할 수 있다!

근성 가지기	✎	✎	✎	✎	✎	✎	✎
심술부리지 않기	✎	✎	✎	✎	✎	✎	✎
핀터레스트에서 아이들 파티 주제 찾아보지 않기	★	★	★	😫	안	돼에	!!!

그리고 솔직히 말하자면 지난주에 우리 집에서 초가 가득 꽂힌 생일 케이크를 준비해서 먹었다는 사실도 인정해야겠다. 가족 중 그 누구의 생일도 아니었지만, 우리 아이들이 내 상관이니 어쩔 수 없다.

보다시피 나는 완벽하지 않고 나약한 인간이지만, 우리는 최선을 다해 그럭저럭 해내고 있다. 그리고 이런저런 불안감을 가지고 있지만 그래도 아이들을 잘 키우고 있다고 확신한다. 우리 아이들은 까불거리지만 예의 바르고, 약간 산만하게 돌아다니는 경향이 있지만 남을 배려할 줄 안다.

이상적인 세상에서라면 아이들은 시키는 일을 다 잘하고 나도 항상 차분한 태도를 유지할 수 있을 것이다. 하지만 난 그런 식으로 생기지 않았고 인내심도 좀 부족하다. "제발 가서 양치 좀 할래?"라는 말에 "엄마가 「스타워즈」에서 제일 좋아하는 우주선은 뭐예요?" 같은 질문이 돌아오는 걸 참아야 하는 경우가 너무 많아서 가끔 삶의 의욕을 잃기도 한다.

하지만 언제나 효과 만점인 방법이 하나 있으니······

바로 비스킷이다!

만약 내가 진짜 육아서라고 할 수 있는 책을 쓴다면 아마도 이런 책이 나올 것이다······.

비스킷으로
아이 키우기!

여러분에게 필요한
단 하나의 육아서!

고집 센 아이를 다루기가 힘든가? 육아서를 사고 또 사는데도 여전히
멍청한 부모처럼 느껴지는 데 진저리가 나는가? 다음 주에 바로 슈퍼
내니 뺨치는 육아 전문가가 되고 싶은가?

그렇다면 이 방법을 한번 써보기 바란다······.

『비스킷으로 아이 키우기!』의 '비스킷 계속 추가(#비계추)' 법이면 당신
의 아이도 행복하고 순종적이며 융통성 있는 아이로 변할 수 있다고 약속
한다.

- 엄마가 자기 이에 칫솔질하는 걸 거부하는가? #비계추

- 너무 아파서 학교에 갈 수 없는가? #비계주

- 유모차(또는 차)에 타기를 거부하는가? #비계주

- 오줌이 마려워서 어쩔 줄 모르면서도 화장실에 안 가도 된다고 말하는가? #비계주

- 소름 끼칠 만큼 짜증스러운 목소리로 「렛 잇 고Let it Go」를 계속 불러대는가? #비계주

아직 좀 혼란스러운가? 걱정하지 않아도 된다. 이 세상은 다양한 수준의 지능을 가진 사람들로 구성되어 있다. 여러분의 멍청한 질문에 답해주겠다.

Q: 우리 아이들은 늘 징징거리면서 정신을 산만하게 만들어요. 어떻게 해야 할까요?

A: 입에 비스킷을 물려주세요.

Q: 딸이 채소를 잘 안 먹어요.

A: 네, 채소는 비스킷이 아니니까요. 비스킷을 먹이세요!

Q: 아들이 이제 학교 다니기가 싫대요······.

A: 그래도 틀림없이 비스킷은 좋아할 걸요! 한번 생각해보세요······.

Q: 댁이 추천한 방법이 효과가 좋았는데 필연적으로 슈거 크래시Sugar Crash(당분이 많이 함유된 음식을 먹은 뒤 느끼는 무력감과 피로감―옮긴이) 증상이 나타나네요······.

A: 그건 아이에게 비스킷을 주지 않을 때 나타나는 증상입니다.

Q: 울화 행동에 대처하는 가장 좋은 방법은 뭔가요?

A: 뒤로 물러서서 상황이 조용히 가라앉을 때까지 계속해서 초콜릿 비스킷을 던져주세요.

Q: 아이들에게 뇌물을 써서 복종시키는 건 일시적인 해결책일 뿐이라고 생각해본 적이 있는가? 난 아이들이 예의 바르게 행동하는 게 옳다는 걸 알기 때문에 그렇게 행동하기를 바란다!

A: 꺼져, 이 멍청이야.

Q: 만약—?

A: 비스킷이요.

Q: 그러니까 내가—?

A: 네, 비스킷.

Q: 하지만,

A: 이 이야기의 어떤 부분을 이해할 수 없으신 건가요? 그냥 비스킷을 더 주라고요.

독자 서평:

'아침마다 아들에게 신발 신기는 게 정말 힘들었어요. 온갖 방법을 다 써봤지만 효과가 없었죠. 그러자 친구가 『비스킷으로 아이 키우기!』를 읽어보라고 했는데, 그 후로 아이가 완전히 딴사람이 됐어요! 요즘에는 "커스터드 크림"이라고 말할 새도 없이 문밖에 나가 있다니까요!'

'혁명적이다. 내가 지금까지 산 책 중 최고의 책!'

'고무적인 책이다. 실용적이고 행동에 옮기기 쉬운 이 안내서를 쓴 저자는 육아서의 경계를 완전히 무너뜨린 듯하다.'

'비스킷 한 봉지가 우리 가족의 일상을 어떻게 변화시켰는지 이루 다 설명할 수 없을 정도다. 정말 고맙다!'

'너무 간단한 방법이라서 왜 이 주제를 다룬 책을 사야 하는 건지 의아할 정도다.(하지만 그래도 책은 꼭 사야 한다)'

'그냥, 엄청나게, 대단하다.'

『비스킷으로 아이 키우기』는
지금 쓰레기 같은 서점 어디서나 구입할 수 있습니다!

저자의 다른 책

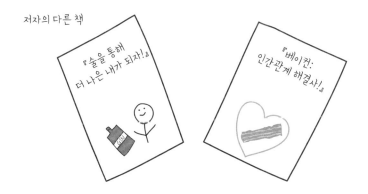

『술을 통해 더 나은 내가 되자!』

『베이컨: 인간관계 해결사!』

# #
집착을 버리자

아이가 생기기 전에는 자기가 어떤 유형의 부모가 될지 선입견을 품는 경우가 많다. 나는 내가 피아노를 치면 아이들이 주위에서 춤추고 노래하는 모습을 상상했다. 재미있고, 약간 괴짜이면서도 자연스럽게 행동하는 엄마가 될 것이고, 우리 인생에는 항상 웃음과 즐거움이 가득할 거라고 여겼다.

이 환상은 여러 가지 면에서 말도 안 되고 이룰 수도 없는 꿈이다. 첫째, 나는 피아노를 배운 적이 없고, 둘째, 우리가 피아노를 놓을 만큼 큰 집을 가질 수 있을지 의심스럽다. 요즘엔 아이들이 플라스틱으로 만든 싸구려 물건을 놓고 서로 싸우지 않을 때는 부엌에서 테일러 스위프트의 음악을 틀어놓고 춤을 추는데, 그게 일주일의 즐거움이다. 하지만 그것만 가지고 꿈이 이루어졌다고 간주할 수 있는지는 잘 모르겠다.

그저 난 영화 「사운드 오브 뮤직」의 줄리 앤드루스^{Julie Andrews}처럼 살고 싶었는데 현실은 신데렐라에 좀 더 가깝다.

상상했던 부모 역할   실제 부모 역할

이런 선입견이나 이상적인 부모상의 문제는 누구나 다 그런 생각을 하고 있다는 데 있다. 임신한 순간부터 고개를 내민 그 생각은 아이가 태어난 이후까지 계속 우리를 따라다닌다. 엄마가 되기에 아주 적절한 자질을 가진 케이스는 2년 동안 모유 수유를 하기를 바랐지만 2주 뒤부터 분유와 모유를 섞여 먹였고, 최면 출산을 시도하던 샐리는 결국 제왕절개를 했으며, "난 나무로 만든 장난감만 사줄 거야"라던 샘은 단 5분 만이라도 조용히 커피를 마시려고 아이에게 아이패드를 사줬다.

이런 방법 가운데 일부는 전혀 사용하지 않을 수도 있고 또 어떤 건 온

전한 정신 상태를 유지하기 위해 이용하기도 하지만, 사실 이건 전부 괜찮은 방법들이다.

하지만 여러분의 내적 기대가 무너질 뿐만 아니라 다른 사람들도 문제가 있다고 말하기 때문에 그걸 괜찮다고 여기며 받아들이기가 어렵다. 그래서 방어적인 태도를 보이게 되고, 내면에 죄책감이 들끓으면서 화난 말투가 튀어나오며, 우리의 결정이 가장 올바른 최선의 결정이라고 정당화하기 시작한다. 그리고 다른 사람들이 실패한 것처럼 깔보면서 자신을 북돋우려고 한다.

우리 모두 어느 정도는 이런 행동을 하는데, 때로는 자기가 그런 행동을 한다는 사실을 깨닫지도 못한다. 하지만 곰곰이 생각해보면 정답이란 없다는 걸 깨닫게 될 것이다. 어느 부모나 다들 자기 나름대로 비판받는다고 느낀다······.

분유를 먹이는 엄마들은 충분히 노력하지 않은 것이고, 모유 수유를 하는 엄마들은 가슴을 가려야 하며, 직장에 다니는 엄마들은 외국에서의 휴가와 멋진 자동차에만 관심을 쏟고, 전업주부인 엄마들은 동네 카페에서 늘 노닥거리기만 하는 게으름뱅이인 걸까. 아무리 한계점에 가까워졌더라도 아이에게 수면 훈련을 시키는 건 가혹한 일인가. 가짜 젖꼭지는 아기에게 위안을 주기는 하지만 언어 발달이 지연되고 또 이가 비뚤어질 가능성도 있다는 걸 아는가.

어쩌다 해피밀을 먹이면 아이들이 뚱뚱해진다고 떠들면서 하트 모양으로 깎은 당근 조각을 도시락에 넣어주는 건 남들에게 보여주기 위한 행동일 뿐이다. 텔레비전은 교육적일지도 모르지만 그래도 별로 좋지는 않고, 아이들을 위해 이런저런 걸 만들어주는 손재주 좋은 엄마들은 만들기 재료만 봐도 몸서리가 쳐지는 다른 엄마들을 기죽이려고 그러는 것이다. 화장도 안 한 얼굴에 더러운 레깅스를 입은 채로 아이를 학교에 등하교 시키는 엄마들도 물론 자기를 가꾸는 노력을 해야 하겠지만, 그래도 헬스클럽에서 무결점 몸매를 가꾼 여자들은 죽어 마땅하다.

그렇다면 누가 이기고 있는가. 위의 엄마들(혹은 아빠들) 가운데 누가 가장 좋은 부모인가. 내 생각에는······ 승자가 따로 있는 것 같지는 않다. 우리가 계속해서 서로를 비판하지만 않는다면 말이다.

결정적인 답을 제시할 수 있는 유일한 인물은 다른 부모가 아니라 여러분이 실제로 양육하고 있는 이들이다. 난 두 아들에게 어떤 부모가 좋은 부모라고 생각하는지 물어보면서 서류 스타일의 탐사 보도를 이어가기로 했다.(인터뷰는 응답자들이 최대한 집중하도록 하고 쉽게 빠져나갈 수 없도록 욕실에서 진행했다)

나: 내가 좋은 엄마라고 생각하니?

큰아들: 네, 최고의 엄마예요!

나: 아, 고마워! 너희도 최고의 아들들이야. 왜 내가 좋은 엄마라고 생각하는데?

큰아들: 날 사랑해주고 또 꼭 껴안아 주니까요.

작은아들: 얼굴이 있으니까!

큰아들: 난 엄마 얼굴이랑 반짝이는 노란 머리가 좋아요.

작은아들: 나도 엄마 노란 머리 좋아해.

나: 고마워!

큰아들: 그리고 금요일마다 간식으로 딸기 우유를 주는 것도 좋고 레고를 사주는 것도 좋아요. 레고 밀레니엄 팔콘 사주실래요?

나: 안 돼.

(레고 밀레니엄 팔콘에 대해 토론하는 게 싫어서 이쯤에서 인터뷰를 끝냈다. 가격이 100파운드나 하는 그걸 절대 사줄 수는 없다!)

인터뷰를 마친 뒤에 좋은 부모의 조건에 대한 아이들의 리스트와 내 리스트를 비교해보니 차이가 어마어마했다.

323

좋은 부모가 되기 위한 조건은?

내가 생각한 조건	아이들이 생각한 조건
1. 인내심	1. 나를 사랑할 것
2. 공예를 좋아함	2. 꼭 안아줄 것
3. 한숨을 자주 쉬지 않음	3. 얼굴이 있을 것
4. 학부모회 가입	4. 반짝이는 노란 머리가 있을 것
5. 화장실로 도망가 혼자 있으려고 똥이	5. 금요일마다 딸기 우유를 만들어줄 것
마려운 척하지 않음	6. 레고를 사줄 것

그래서 우리는 이렇게 살고 있다. 공작 놀이를 싫어하는 나 때문에 아이들의 유년기가 칙칙해지지는 않을까 걱정스럽긴 하지만, 아이들이 나를 엄마로서 좋아하는 이유의 17퍼센트가 얼굴이 있기 때문이라는 건 미처 몰랐다!

그러니 부모가 되었다고 해서 항상 옳은 일만 해야 하는 건 아니다. 최선을 다해 헤쳐나가면서 아이들이 따스한 곳에서 배부르게 먹고, 듬뿍 사랑받으면서 행복감을 느낀다면 적어도 그들의 기대를 저버리고 있는 게 아니라는 사실을 깨달아야 한다.

밖에 비가 내려 나갈 수 없을 때 갑갑함 때문에 제정신이 아닌 아이들을 진정시키려고 영화를 틀어준다고 해서 아이들이 자연 발화를 일으

324

키지는 않는다. 몇 시간 동안 식물원을 돌아다니면서 아이들이 예쁜 꽃을 꺾는 걸 막느라 애썼던 지난 주말의 일을 잊었는가.

또 진지하게 말하는데, 아이들이 방금 플라스틱 주전자에 담아준 당근 달걀 수프를 먹는 척하는 대신 가끔 휴대 전화를 들여다본다고 해서 아이들에게 뭐 얼마나 심각한 정서적 문제가 생기겠는가.

'약간 문제가 있는 이들을 위한
말도 안 되게 비싼 치료'에 오신 것을 환영합니다.

이봐요, 프랭키. 치료받으러 다닌 지 벌써 몇 달이나 됐잖아요. 언제쯤 가장 중요한 부분에 다다를 수 있는 겁니까?

글쎄요, 우리 엄마는…… 우리가 소꿉놀이를 할 때 가끔…… SNS를 들여다보고 있었어요.

가끔 지루함을 느끼는 건 상관없다. 일이 조금 잘못되어도 괜찮다.
내 손으로 직접 다양한 색의 플레이도를 만들거나 '세계 책의 날'이
다가오기 몇 주 전부터 그날 입힐 의상을 고민하는 일은 절대 없을 테
고, 우리 아이들은 언제나 엄마가 직접 만든 요리보다 치킨너깃을 선호
하며, 나는 좀 지나치게⋯⋯ 소리를 많이 지른다. 멋진 옷을 골라주기
보다는 혹시 바지에 오줌을 싸지는 않았는지 킁킁 냄새를 맡아보고 티셔
츠에 묻은 요구르트 자국을 쓱 닦아낸다. 학교에서 시키는 프로젝트는 계
속 미루다가 마지막 순간이 되어서야 겨우 더블 진토닉과 욕 한 사발을

목구멍으로 넘기면서 해치우고, 징징거리는 아이에게 너무 쉽게 굴복하며, 웃는 얼굴에 너무 잘 속아 넘어가서 때때로 아이들이 받을 자격이 없는 간식을 사주기도 한다.

하지만 가끔 케이크도 굽고, 아이들이 먹을 음식에 채소를 몰래 집어넣고, 여름에는 아이들 물놀이장에 바람을 채운 뒤 호스로 물을 뿌려주기도 하며, 해변에 가서 바다에 돌을 던지고, 아이들의 형편없는 농담에 웃어주고, 기찻길을 만들고, 내가 전혀 관심 없는 주제에 대해 심층적인 대화를 나누고, 아이들이 원더우먼 역을 맡기면 최대한 열정적인 모습으로 연기한다.

전반적으로 볼 때 나는 잘하고 있는데 왜 계속 자책하는 걸까. 왜 우리는 부모로서 늘 죄책감을 느끼는 걸까. 우리가 죄책감을 느껴야 하는 유일한 부분은 우리가 느끼는 죄책감의 정도다. 죄책감은 우리의 육아 경험을 망쳐놓고, 우리의 관심을 아이들이 아닌 다른 곳으로 돌리며, 서로 다투도록 만들기 때문이다.

하지만 이건 경쟁이 아니며 상금이나 멋진 트로피도 없다. 그러니 만약 일이 상상처럼 진행되지 않는다고 해도 속았다는 기분을 느끼거나, 그 일에 계속 사로잡히거나, 다른 사람을 보면서 나보다 낫다고 생각하지 말자.

327

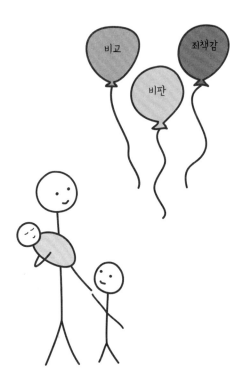

그냥, 집착을 버리자.

정말 중요한 이들에게만 집중해야 한다. 그들은 여러분을 있는 모습 그
대로 사랑하기 때문이다. (사마귀나 다른 모든 걸 포함해서)

아이의 초등학교 입학: 왜 이리 야단이지?

아, 물론 아이가 보고 싶긴 했다. 나도 그렇게 무정한 엄마는 아니니까! 입학 첫날 아이와 작별인사를 나누면서, 나도 아이를 걱정하는 선량한 마음 때문에 흐느끼는 전형적인 부모의 모습을 연출하고 말았다. 큰아들이 자기 반에서 가장 어리고 덩치도 가장 작았기 때문에 어쩌면 남들보다 더 많이 흐느꼈을지도 모른다. 실제로 다른 친구들과 함께 서 있는 아이는 너무 작아 보였고, 거대한 건물을 배경으로 마치 교복에 파묻혀 있는 듯했다.

아이가 교실에서 가만히 앉아 있지 못하거나, 내가 없어서 어찌할 바를 모르거나, 학교생활 자체를 너무 부담스럽게 느끼면 어쩌나 걱정했다. 큰아들이 잘 해낼 거라고 철저하게 믿었는데도 그랬다. 하지만 내 걱정은 모두 기우로 끝났다. 아이는 날마다 즐거운 발걸음으로 집을 나섰고, '나쁜 행실 구름'에 이름이 적힌 아이들을 규탄했으며, 나한테(그렇다, 바로 나한테!!) "엄마는 남의 말을 잘 듣지 않아!"라고 호통쳤다.

하지만 내 걱정이 현실화된 게 하나 있었으니, 그건 바로 자기 엉덩이를 제대로 닦지 못할지도 모른다는 걱정이었다. 엉덩이에 남은 자국이 그 사실을 증명해줬다. 야호, 내 말이 맞았지? 그리고 또 하나 알아차린 사실은 아이가 평소보다 조금 더 피곤해한다는 것이었다. 하지만 그렇다고 해서 잠을 더 오래 자거나 낮잠을 자는 게 아니라, 잠이 부족한 상태로 미친개처럼 행동했다. 그러다 짜증 나게도 또다시 이런 상황이 발생했다.

보통 사람이 피곤할 때

어린아이가 피곤할 때

아, 너무 피곤하니까 좀 누워야겠다.

피곤하니까 물건을 부수고 다른 사람들을 울려야지.

그럼 이제 학교가 주는 가장 중요한 보너스에 관해 이야기해보자. 내 아들이 지적이고 다재다능한 젊은이가 되도록 학교가 도와준다는 이야기를 하려는 게 아니다. 물론 그런 기능을 하기도 하겠지만, 내가 말하려는 건 학교가 무료로 아이를 봐준다는 것이다. 평소에 학교를 그런 식으로 표현하지는 않지만, 내가 직접 돌봐야 하는 아이의 수는 줄어들고 돈은 전보다 덜 나가는 것을 봐서는 분명히 유사한 부분이 있다. 여러분도 그렇게 생각하지 않는가.

하지만 사실 별로 한가한 시간이 늘어난 것처럼 느껴지지는 않는다. 엄청나게 많은 행정 업무와 매일같이 쏟아지는 학교의 각종 요청에 맹공격을 당하는 느낌이 들기 때문이다. 오래 보존할 수 있는 음식을 학교에 가져가고, 다리미로 '쉽게' 붙일 수 있다는 이름표를 붙이느라 끙끙대다가 실패하고, 축제 티켓을 얻느라 전전긍긍하기도 하면서 너무 바쁘게 지냈기 때문에 가끔은 내게도 '나만의 생활'이 있다는 걸 잊어버릴 지경이었다.

'나만의 생활'이 있는 거 맞지?

삐삑.

아, 잠깐만. 방금 메시지를 하나 받았는데 아마 친구가 술 마시러 갈수 있느냐고 묻는 내용일 것이다.

오, 아니다······. 또 학교에서 보낸 메시지다. 보아하니 '감자의 날'을 기념하기 위해 원래 정해진 식단 대신 코티지파이를 먹고 있나 보다.

누가 신경이나 쓴다고!

이럴 때 예의 바른 행동을 하려면 어떻게 해야 하지? 난 캔에 든 라비올리를 먹고 있다고 답장이라도 보내야 하는 건가.

그리고 무슨 일이 있어도 다음 날까지 작성해서 제출해야 한다는 온갖 서류 양식은 또 뭐람? 내일은 이런 편지를 써서 아이 책가방에 넣어주고 싶은 유혹이 강하게 든다······.

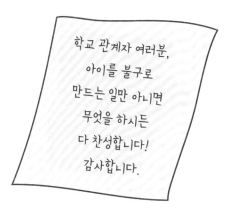

학교 관계자 여러분,
아이를 불구로
만드는 일만 아니면
무엇을 하시든
다 찬성합니다!
감사합니다.

그 밖에도 생각해야 할 문제가 너무 많다. 아이를 데리러 학교에 가보면, 그중 절반 정도는 학급에서 머릿니 서캐가 발견되었다는 걸 알리는 포스터가 붙어 있다. 혹은 학급에 기생충에 감염된 아이가 있음을 알리는 포스터가 붙어 있는 경우도 있다. 운이 아주 좋을 때는 서캐와 기생충이 동시에 발생했음을 알리는 포스터 두 장이 나란히 붙어 있기도 한다. 아이들이란 참 역겨운 존재다.

그리고 역겨운 게 하나 더 있는데 뭔지 아는가? 플레이 데이트 Play Date(아이들이 함께 놀 수 있도록 부모들이 약속을 잡아주는 것—옮긴이)란 말이 일상 어휘의 일부가 되는 걸 받아들이는 일이다.

그리고 학교와 관련된 가장 큰 문제에도 대처해야 한다. 그건 바로 날마다, 제시간에 등교해야 한다는 것이다. 게다가 잠옷 차림으로 가서는 안 된다. 아이가 학교에 입학하기 전에는 그날 하루를 어떻게 보낼지 정하기 전에 속옷만 입은 채로 느긋하게 돌아다니면서 여유로운 아침 시간을 즐기는 편이었다. 하지만 지금은 다들 진짜 옷을 챙겨 입어야 하니 상황이 악화된 느낌이다.

매일 아침 8시 30분에 우리 집에서 벌어지는 기본적인 상황은 이렇다.

나: 서둘러, 지금 안 가면 늦는다고!

큰아들: 엄마, 핑크 레인저가 되고 싶어요?

나: 아니, 난 네가 코트를 입었으면 좋겠어.

큰아들: 난 레드 레인저예요. 슈퍼 메가포스 모드로 변신! 히이야!!

작은아들: 우우, 엄마 이거 봐요.(샴푸 한 병을 통째로 카펫 위에 짜내면서)

나: (들릴락 말락 하게 작은 소리로) 빌어먹을.

큰아들: (통에 든 레고 조각을 전부 카펫에 쏟으면서) 이크.

나: (듣지 못한 척할 수 없을 정도로 크고 화난 목소리로) 빌어먹을!

작은아들: 빌어먹을!

나: 붙어! 난 붙어라고 했어.(아이가 나쁜 말을 따라하니까 발음이 비슷한 붙어 Ducks 라는 단어를 갖다 붙인 것—옮긴이)

큰아들: 왜 붙어라고 했어요, 엄마?

나: 난 원래 붙어를 좋아해. 자, 이제 제발 레고 좀 다 치워.

큰아들: 내가 학교에 간 동안 엄마가 갖고 놀면 되잖아요.

[아들 말이 맞긴 하다.]

나: 좋아, 작은아들. 이제 유모차에 타야 할 시간이야.

작은아들: 싫어요. 걸어갈래요.

나: 늦어서 걸어갈 수가 없어. 제발 좀 타라.

[아이를 안아서 유모차에 억지로 태우려고 애쓰는 동안 아이는
몸을 뻣뻣하게 굳히고 버티면서 머리로 나를 들이받으려고 한다.]

나: 큰아들, 코트!

큰아들: 근데 엄마, 나 몸이 너무 안 좋아서 학교에 못 가겠어요. 다리
가 움직이지 않아서 걷지도 못해요.

나: 네 다리가 어떤데? 조금 전까지만 해도 멀쩡했잖아.

큰아들: 무릎에 정말, 엄청나게 심한 상처가 났어요. 보세요.

나: 흠, 아무것도 안 보이는데.

큰아들: 아주 자세히 봐야 해요. 아야야야.

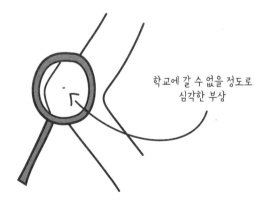

학교에 갈 수 없을 정도로
심각한 부상

나: 코트 입어! (문을 열면서) 지금 출발할 거야.

작은아들: 어? 비가 내리기 시작해요, 엄마!

으악, 아이 말이 맞긴 하다! 큰아들 등교시키는 시간에 맞춰서 비까지 내리다니, 마치 일부러 그러는 것 같지 않은가.

왜 비는 항상 아이를 등하교시키는 시간에 정확하게 맞춰서 내리는 걸까?! 등하교의 신이시여, 우리를 일부러 괴롭히려고 이러는 건가요? 네?! 네?! 대답 좀 해봐요!

물론 등하교의 신이라는 게 실제로 존재하는 건 아니지만, 때로는 정신 없이 아침을 보내고 나면 정신이 약간 이상해지는 기분이 든다. 다들 무슨 말인지 이해하리라고 생각한다.(솔직히 등하교의 신이 내 눈앞에 있었으면 좋겠다. 정강이라도 한 대 차주게)

이처럼 학교는 내가 생각했던 것보다 훨씬 많은 일거리를 안겨줬다. 그렇다면 공부는 어떨까? 학교에서 종일 하는 일은 뭘까? 글쎄. 나는 아는 게 전혀 없다. 큰아들에게 물어보면 "아무것도 안 했어요"라거나 "간식 있어요?" 같은 말만 하는데, 그게 공립학교 교육 과정처럼 들리지는 않기 때문이다.(사실 아무것도 안 하면서 간식을 먹는 건 내가 매우 좋아하는 소일거리이기도 해서 좀 부끄럽다) 학교에서 있었던 일에 관해 큰아들과 나눈 가장 긴 대화는 이런 내용이었다.

나: 오늘 학교에서 뭐 재미있는 일 없었어?
큰아들: 있었어요.
나: (들뜬 목소리로) 오, 무슨 일인데?
큰아들: 운동장에 똥이 있었어요!
나: 아, 그랬구나……. 새똥이나 뭐 그런 거?!
큰아들: 아뇨, 사람이 싼 똥이요. 어떤 남자아이가 운동장에서 똥을 쌌어요!

대단하다.
하지만 다시 진지하게 생각해보면, 우리는 어리고 수줍음 많으며, 쉽게 지치고, 아직 여러 가지 능력이 발달하지 못한 우리 아이들이 학교에 들어가는 걸 매우 걱정스러워하는 듯하다.

큰아들이 학교 다니기를 좋아한다는 건 알겠는데, 공부는 어떻게 잘하고 있는 걸까? 사실 학년 말에 큰아이의 성적표를 받았을 때 읽고 쓰기나 산수 능력이 필요한 수준에 도달하지 못했다는 것이 별로 놀랍지 않았다. 아직 어리고 활력이 넘치며, 한자리에 가만히 앉아 있지 못하기 때문에 뭘 하려면 시간이 걸렸다. 하지만 언젠가는 필요한 수준에 도달하리라 믿기에 크게 걱정하지 않고 성적표의 나머지 부분을 읽어봤다. 덕분에 맨 위에 적힌 점수 외에도 매우 많은 사실을 알게 되었다⋯⋯.

'상상력이 뛰어나고 무슨 일이든 다 게임으로 바꾸는 창의적인 능력을 갖추고 있습니다.'

열심히 참여하고 있군.

'말하기 기술이 뛰어나고 자신의 지식과 관심사를 자신 있게 다른 아이들이나 교사에게 알려주려고 합니다.'

자신만만하네.

'닌자 터틀이나 라이트닝 맥퀸Lightning McQueen(애니메이션 「카Car」의 주인공―옮긴이) 등 자기가 관심 있는 주제로 이야기하는 걸 좋아하고, 좋아하는 활동을 할 때는 참여도가 매우 높습니다.'

행복하구나.

'새로운 것을 시도할 때 위험을 감수할 수 있는 능력이 있고, 자신의 실수를 통해 교훈을 얻었을 때는 끈기가 중요하다는 사실을 깨달았습니다.'

노력하고 있구나.

'조립식 완구를 가지고 작은 자동차와 트랜스포머를 만든 뒤 자기가 만든 작품의 각 부분과 기능을 자세히 설명했을 때 정말 깊은 인상을 받았습니다.'

한 반의 학생 수가 서른 명이나 되는데도 우리 아이에 대해 이렇게 속속들이 알고 있다니, 정말 대단한 선생님이다!

'올해 이 아이를 가르친 건 크나큰 기쁨이었습니다. 제가 지금까지 만나본 가장 예의 바른 소년 중 한 명이었습니다! 그간 감사했고, 고생하

셨습니다!'

내 얼굴에······ 물이 줄줄 흐르고 있다.

우리 아들은 그 학급에서 가장 어린 학생일지도 모르지만 그런 건 중요하지 않다. 내 무릎 근처에서 얼쩡대던 꼬맹이 유치원생이 독립심 강하고 아는 체하는 학생으로 자란 걸 보니 그 어느 때보다 자랑스러운 마음이 부풀어 오른다.

추신 혹시 이 책을 읽는 독자들 가운데 교사로 일하는 분이 있다면, 지금 하시는 훌륭한 일에 감사드리고 싶다. 정말 대단한 분이다!

그런데 혹시 학기 말 공작 과제를 좀 쉽게 내주거나, 아니면 적어도 부모의 공헌도를 인정해주실 수는 없나요? 뭐 딱히 언짢은 건 아니지만 사실 '우리'가 함께 만든 작품인데 아이에게만 모든 공이 돌아가는데 진절머리가 나서요.

# #
수면 부족 7단계

어떤 사이즈의 커피를 마셔야 할까?

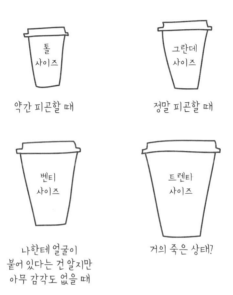

톨
사이즈

약간 피곤할 때

그란데
사이즈

정말 피곤할 때

벤티
사이즈

나한테 얼굴이
붙어 있다는 건 알지만
아무 감각도 없을 때

트렌티
사이즈

거의 죽은 상태?

아이의 잠에 관한 이야기는 앞에서도 벌써 많이 하지 않았던가. 이건 부모들에게 매우 중요한 문제이므로 당연히 그래야 했다. 하지만 육아할 때 가장 중요한 문제 중 하나는 바로 여러분 자신의 수면이 절대

적으로 부족할 경우 그에 대처하는(혹은 대처하지 않는) 방법이다.

아무리 여러분의 자녀가 '잠꾸러기'라고 하더라도(악, 부럽다!) 이 문제를 언급할 수 있을 것이다. 왜냐하면 내가 겪은 최악의 밤들과 잠을 전혀 자지 못한 밤들은 한 아이 또는 두 아이가 정말 무서운 설사와 구토 증상을 일으킨 탓에 발생했기 때문이다. 오, 엄청난 빨랫감, 오, 이 악취, 오, 새벽 2시 반에 카펫에 게워놓은 토사물 치우기.

어쨌든 불평만 늘어놓기 싫으니까, 잠이 심하게 부족한 시기를 헤쳐나갈 수 있는 좋은 방법을 활용하기 쉽게 단계별로 나눠서 알려주겠다. 길고 장황한 넋두리처럼 보일 수도 있겠지만 일단 시작해보자.

1단계 충격

어두운 밤에 침대에 포근하게 파묻혀서 세계적인 체조 선수가 되는 꿈을 꾸는데, 갑자기 눈앞에 작은 아이가 불쑥 나타나 시리얼과 우유, 또는 몇 달 동안 보이지 않던 특정한 장난감을 내놓으라고 요구한다.

여러분은 아이에게 "가서 자"라고 말한다. "한밤중이잖니!" 하지만 그런 요구를 하기에 터무니없는 시간이라는 걸 확인하려고 휴대 전화를 찾아 시계를 보니 벌써 아침이었다. 혹은 사람을 깨우기에 아주 적절하지는 않아도 그럭저럭 아침에 가까운 시간이거나······.

2단계 지연 작전

씨비비즈나 「밀크셰이크!」(미취학 아동을 대상으로 한 프로그램─옮긴이) 혹은 이 두 가지를 적당히 조합해서 보여준다. 여러분은 자는 동안에도 아이들의 구체적인 프로그램 기호에 맞춰 채널을 돌리면서 소란을 최소화하는 기술을 완벽하게 익힌 상태이기 때문이다. 하지만 「클라우드베이비즈 Cloudbabies」 같은 시시한 프로그램이 나오면 이 작전은 실패로 끝난다.

3단계 부정

잠 같은 건 자서 뭐 하겠는가. 그날의 계획을 모두 포기하고 집에 머물면서 구석에 앉아 꾸벅꾸벅 조는 것도 한 방법이겠지만, 그건 나약한 자의 행동이다. 키즈 카페야, 내가 간다! 난 할 수 있어!!

4단계 인정

아니, 할 수 없다! 키즈 카페는 불법화해야 한다. 다른 집 아이도 출입을 금해야 하고. 자기 자식을 낳는 행위도 불법이 되어야 한다.

5단계 자기 치료

커피를 마시고, 진도 마시고, 진을 추가한 커피도 마시는 게 좋을 듯하다. 그런 다음 구역질이 날 때까지 젤리를 먹어대자.

6단계 망각

커피-진-젤리 칵테일은 그리 바람직하지 않다. 이제 모든 게 두렵다. 어떤 상황에서도 「케이트와 밈밈Kate and Mim-Mim」을 5초 이상 봐서는 안 된다. 케이트의 거대한 보라색 토끼는 여러분의 친구가 아니다.

7단계 분노

이제 집으로 돌아갈 시간이라 조금 안도되지만, 그것도 5시 45분에 불가피한 전화가 걸려오기 전까지의 일이다······.

8단계 새로운 활력

종일 소파에 누워 죽은 듯이 잤으면 좋겠다던 바람을 기억하는가. 자, 마침내 아이들이 잠이 들었는데 이제 어떻게 될까?

기분이 날아갈 듯이 좋아진다!

저녁 내내 자기가 좋아하는 일은 뭐든 다 할 수 있는데, 왜 이 아까운 시간에 잠을 자겠는가? 거실이 곧 천국이다. 소파에 앉아 건성으로 텔레비전을 보면서 노트북으로 비생산적인 일을 할 수도 있지만······ 그 시간에 다른 소일거리를 찾아보는 건 어떨까.

오후 7시 47분— SNS를 훑어보면서 식기 세척기에 들어가는 새로운 식기 바구니 찾기.

오후 8시 23분— 라자냐를 먹으면서 텔레비전을 켜고 연속극 「이스트 엔더스East Enders」 보기.

오후 10시 1분— 앗, 30퍼센트 세일 행사가 오늘 밤에 끝나잖아······.

오후 11시 17분— 꿈의 집을 찾아 부동산 사이트 훑어보기.

오후 11시 59분— 치아 미백 제품을 신속하게 검색한 뒤 취침하기.

9단계* 불면증

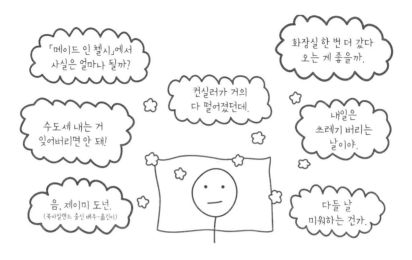

그리고 어느새 잠이 들었다가 다시 반복되는 하루.

* 제목과 달리 7단계가 아니라 9단계까지 왔다는 건 알지만, 나처럼 수면 부족에 시달리는 사람이 수를 정확하게 세지 못하는 건 당연한 일 아닌가.

# #
'옛 시절'이 기억나세요?

'옛 시절'이란 나와 J가 우리 아이들이 생기기 전에 둘이서 단란하게
지냈던 시절을 지칭하는 말이다. 이 말을 입에 올릴 때는 '옛'을 강조
하게 되고, 그와 더불어 서로 다 안다는 것처럼 약간 슬프고, 향수에 젖
은 표정을 짓게 된다.

우리가 함께 산 세월이 벌써 10년이 넘었고, 둘이 사귀게 된 과정은 매우 낭만적이다. 처음에 직장에서 만났을 때는 서로를 약간 짜증 나는 사람이라고 여겼지만, 서서히 상대방을 좋아하는 마음이 커지게 되었다. 우리는 친구가 되었고, 난 그가 곁에 없으면 별로 즐겁지 않다는 사실을 깨닫기 시작했다.

어느 날 야근을 마치고 술을 마시다가 둘 다 많이 취해서 진한 키스를 하게 되었다.

이어서 그가 내게 사귀어달라고 고백했고, 우리는 함께 시간을 보내면서 점심도 먹고, 웃고, 맛있는 와인을 마시고, 어슬렁거리며 돌아다니다가 술집에도 가고, 의미 없는 수다도 떨고, 좀 더 어슬렁거리다가 저녁을 먹으러 가곤 했다. 서로 취향이 매우 비슷했기 때문에 함께 즐겁게 지내는 게 매우 쉬웠다.

그렇게 몇 년이 지난 뒤 어느 12월에 그가 나를 에스토니아의 탈린^{Tallinn}으로 데려가더니 중앙 광장에 있는 커다란 크리스마스트리 아래에서 청혼했다.

(솔직히 말하자면, 그가 청혼하리라는 걸 미리 알고 있었다. 그는 혼자서 반지를 고르고 싶어 했

지만 그러지 못하게 했다. 나는 내가 어떤 디자인의 반지를 원하는지 정확히 알고 있었기 때

문이다. 그래서 J을 해턴 가든$^{Hatton\ Garden}$으로 끌고 가서 직접 반지를 골랐다. 만사를 제멋대로

하려 든다고 비난해도 상관없다. 그게 사실이니까)

우리는 잔뜩 들뜨고 신났고 사랑으로 충만했다. 세상은 얼마나 아름다

운 곳인가! 당시에는 몰랐지만 그때 이미 내 배 속에서는 작은 세포 덩

어리가 사람이 되는 과정을 밟기 시작한 상태였다. 그리고 그건 우리의

인생에서 가장 큰 변화의 시작이었다.

시간을 빨리 감아 그로부터 2년 뒤, 우리는 어린아이를 데리고 결혼식을 올렸다. 그 뒤 생활은 상상과는 전혀 달랐다. 맞벌이하면서 "번 돈은 일주일에 세 번씩 외식하면서 다 써버리자"고 말하던 커플이 "기저귀 사는 걸 잊어버린 사람이 대체 누구냐"며 싸우는 커플이 되었다.

이제 그의 얼굴을 봐도 전처럼 마음이 들뜨지 않는다. 아니, 사실 남편 얼굴을 보면 최근 그 사람 때문에 짜증 났던 일이 전부 떠오르기 때문에 화가 나는 경우가 많다. 예를 들면 내가 금방 깨끗이 닦아놓은 세면대에서 수염을 다듬으면서 자기가 이따 치우겠다고 하고는 살피러 가보면 사방에 수염이 널려 있는 일이다! 이런 일들 때문에 때때로 신경이 날카로워진다⋯⋯.

결혼과 자녀는 커플을 가깝게 묶어줄 수 있지만, 때로는 그들의 사이를 갈라놓는 일도 종종 있다. 아이가 태어난 뒤에는 틀에 박힌 지루한 일상이 계속 반복되다 보니 예전에 서로에게서 발견했던 장점을 잊어버리고 별거하거나 이혼하는 경우도 있다.

우리 부부도 이제 아침에 일어나서 "브런치 먹으러 가자"고 말할 기운도 없고, 일어나지 않고 종일 침대에서 보낼 기운도 없다. 흠흠.

대신 아침 이른 시간부터 무거운 몸을 끌고 아래층으로 내려가 식탁에서 싸우는 아이들을 중재하면서 아이들 몸 여기저기에 박혀 있는 시리얼을 제거한다.

예전에는 우리 부부도 각자의 희망이나 꿈, 세계를 제패하겠다는 미치광이 같은 계획에 관해 이야기를 나누곤 했지만, 지금은 감기약 사기, 카시트, 주택 저당 조건 변경, 누가 쓰레기를 버릴 차례인가 같은 이야기만 한다. 기본적인 살림 운용에 대한 대화뿐이다. 그런데 살림에 섹시한 점이 뭐가 있는가. 아무것도 없다. 또 만화영화 주제가를 계속 흥얼거리는 건 뭐가 섹시할까. 전혀 섹시하지 않다.

그리고 또 뭐가 전혀 섹시하지 않은지 궁금한가? 그건 바로……

원래 나는 저런 식으로 행동하는 사람을 싫어하는데 이제 내가 그러고 있다! 내가 그렇게 행동하고 있다고! 빌어먹을.

생각해보면 두 아들이 아직 어려서 내가 집에서 아이들을 돌보고 J 혼자 일하러 다닐 때가 가장 힘들었던 것 같다. 헤드폰을 끼고 집을 나서서 '점심 휴식시간'에 샌드위치 가게에 '들르고' 진짜 어른들과 대

화를 나눌 수 있는 그가 부러워서 화가 날 정도였다. 반대로 J는 아이
들과 함께 시간을 보내면서 가계를 꾸려나가는 부담을 혼자 다 지지
않아도 되는 나를 부러워했을 게 틀림없다.

퇴근하고 집에 돌아온 남편이 단순하면서도 다정한 질문을 나에게 던
졌을 때, 약간 퉁명스러운 대답을 들은 경우도 종종 있다······.

사소한 일들이 아주 심각한 사태로 발전하기도 했다. 예를 들어 남편
이 캡슐커피를 주문하겠다고 해놓고 깜빡하면 마치 세상이 끝나기라
도 할 것처럼 난리를 쳤다. 때로는 그 작은 캡슐에 그날의 모든 희망이

달려 있다는 생각이 들기까지 했다. 그래서 직장에 있는 남편에게 전화를 걸어 그의 크나큰 죄에 대해 저주를 퍼부으면, 남편은 성인 같은 인내심을 발휘하면서 "알았어. 정말 미안해. 하지만 당신 좀 진정하는 게 좋을 것 같아. 나 지금 일하는 중이니까 나중에 이야기하자"라고 말했다.(미안해, J!)

우리의 부부싸움은 사소한 다툼이 많았지만, 때로는 아무것도 아닌 일이 확대되어 우스꽝스러운 싸움판이 벌어지기도 했다. 한 번은 그가 쓰레기통 뚜껑을 너무 세게 내리치는 바람에 뚜껑이 부서졌고, 나는 주방 조리대에 와인 잔을 세게 내려놓다가 박살 냈다.(와인은 다 마신 상태였으니까 걱정하지 마시길)

사실 우리 둘 다 싸우는 걸 좋아하지 않고, 자기 성질을 억제하지 못해서 늘 분노에 차 있는 사람들도 아니다. 하지만 아이가 생기면 부부의 모습, 생각하는 방식, 일을 처리하는 방식, 하는 일, 인내심, 분별력 등에 변화가 생긴다. 때로는 전보다 더 좋아지기도 하고 때로는 나빠질 수도 있다. 산처럼 쌓인 플라스틱 물건, 세탁물, 설거지, 해야 할 일 목록, 둘이 함께 만들어낸 작고 시끄러우며 요구가 많은 꼬맹이 속에서 사랑에 빠졌던 사랑을 찾아내기란 갈수록 힘들어질지도 모른다.

하지만 우리 부부는 혼란스러운 상황 속에서도 우리만을 위한 시간을

357

내려고 노력한다. 케이블 방송에서 45분이나 걸려서 고른 영화를 틀어놓고 그대로 잠이 들거나, 초저녁부터 잠자리에 들었는데 가장 부적절한 순간에 아이가 침실에 난입하는 상황이 발생하더라도 말이다······.

힘들고 지칠 수도 있고 약간 '시시하다'고 느껴질 수도 있지만, 갑자기 무슨 일이 생기면 순식간에 모든 게 다시 명확해지기도 하다. 아이들은 우리에게 온갖 잡일과 스트레스와 짜증 나는 순간을 안겨주지만, 우리

부부만 이해할 수 있는 크나큰 웃음을 안겨줄 때도 많기 때문이다.

아이들이 크면서 일은 점점 쉬워진다. 요구하는 게 적어지고 우리는 전보다 '옛 시절'의 조각이 더 커졌음을 깨닫게 된다. 요새는 약간 달라지긴 했지만, 곰곰이 생각해보면 그때로 돌아가고 싶지는 않을 거다.(게다가 어쨌든 불가능한 일이니까 그 이야기를 계속해봤자 아무 의미도 없다)

결국 우리 부부 이야기는 『로미오와 줄리엣』도 아니고 별에 새겨진 적도 없지만, 우리는 오늘도 여전히 이 자리를 지키고 있다. 늘 그렇듯이 서로를 지겹게 괴롭히면서, 하지만 서로를 사랑하면서.

앞으로도 J와 함께 말없이 소파에 앉아 있을 세월이 많이 남아 있다!
그리고 그건 언제나 그렇듯 낭만적인 일이다.

# #
"절대 널 떠나지 않을 거야"

부모라면 누구나 어느 시점에선가 시간이 멈췄으면 하고 바란 적이 있을 것이다. 그러나 어린 자녀들을 무한히 돌볼 수 있는 사람은 없다. 육아란 정말 근사하지만 무자비하고, 보람차지만 피곤하며, 매우 매력적이지만 때로는 숟가락으로 내 눈을 파내고 싶어질 때도 있다.

내 머릿속에 있는 육아의 이상향은 아이들이 아침에 일어나 자기들이 먹을 아침을 직접 준비하고, 나는 계속 자게 내버려 둔 채 자기들끼리 텔레비전을 보는 상태다. 아직 그 경지에 도달하지는 못했지만 곧 그렇게 될 조짐이 보인다. 그리고 시간이 지나면 내가 갈구하는 걸 점점 더 많이 얻을 수 있으리라는 사실도 안다. 누군가 끊임없이 요구사항을 외쳐대지 않는 상태에서 5분간 가만히 앉아 있고, 책을 읽을 시간이 생기고, 커피를 마실 때 전자레인지에 네 번씩 데워 마시지 않아도 될 것이다. 한때 광선 검 전투와 터무니없는 화장실 유머로 소란스럽던 집에도 언젠가는 평화와 고요가 찾아올 거다.

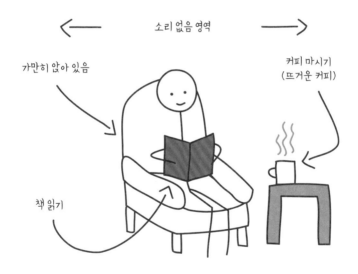

아이들은 지금도, 또 앞으로도 영원히 내 세상의 중심일 테지만, 그들은 태어난 순간부터 내가 자기 세상의 중심이 아니라는 사실을 서서히 깨우쳐가므로 이건 달콤 쌉쌀한 평화라고 할 수 있다.

나는 아이들이 하나의 이정표에서 다음 이정표로 넘어가는 모습을 계속 지켜봤다. 웃고, 손뼉 치고, 기고, 걷고, 말하고, 자전거를 타고, 책을 읽고, 글씨를 쓰고, 질척한 엉덩이를 닦는(혹은 적어도 그러려고 애쓰는) 모습을. 아이들이 점점 더 독립적인 인간이 되어가는 과정을 지켜봤다. 아이들은 내 도움을 받아 나 없이도 살아가는 방법을 배우고 있다.

머지않은 미래의 어느 날, 나는 더는 아이들의 단추를 채워주거나 뽀뽀로 다친 무릎을 달래줄 필요가 없어질 것이다. 자기가 숨은 곳을 쉽사리 알려주는 키득거림을 못 들은 척할 필요도 없고, 몇 시간씩 계속 집 안에서 자동차를 밀어줄 필요도 없으리라. 레고 만드는 걸 도와주지 않아도 되고, 아이가 버린 레고 조각을 밟고 고통스러운 비명을 지르는 일도 없어질 것이다.

언젠가는 잼이 묻어 끈적거리는 얼굴을 닦아주지 않아도 되고 파워 레인저를 좋아하는 척할 필요도 없어진다. 자기 전에 마실 우유를 따라주거나 책을 읽어주지도 않을 테고, 어두운 방의 바닥에 누워서 우리 귀여운 아이가 잠들기를 기다리지도 않을 거다. 아이들이 내 팔다리에 매달

리거나 내 몸을 감싸 안는 일도 없어지고, 나만의 안락의자가 생길 때
는 텅 빈 무릎으로 그곳에 앉게 될 것이다.

그리고 언젠가, 세상의 모든 시간을 다 가진 듯한 날이 오면 그걸 되돌
려주고 싶은 마음만 들지도 모른다.

나와 큰아들은 얼마 전에 이런 대화를 처음 나눴고 지금도 자주 하고
있다. 어떻게 시작된 것인지는 잘 모르겠지만, 우리는 가족에 대한 이야
기를 나누고 있었다······.

"네가 크면 너도 엄마 아빠처럼 결혼하고 싶어질지도 몰라."

"네? 결혼이 뭐예요?"

"가장 친한 친구가 생겨서 그 사람과 함께 살고 싶고, 영원히 같이 있고 싶은 거야."

작은 머리가 터지도록 고민하는 사이에 긴 침묵이 흐르더니, 이윽고 아이는 겁먹은 표정을 지었다.

아이는 적절한 단어를 알맞은 순서대로 말하려고 애쓸 때처럼 천장을 올려다보다가 머리를 좌우로 흔들었다.

"하지만, 하지만, 하지만, 하지만…… 그러면 엄마랑은 같이 못 살아요?"

세상에.

자기 팔꿈치 너머는 보지 못하고 내일이라는 개념도 겨우 이해하는 어린 아이에게 어떻게 미래를 설명할 수 있을까.

내가 팔을 벌리자 아이는 양손을 내 목에 두르고 양쪽 다리로 내 허리를 감싸면서 매달렸다. 아이는 무거웠고, 나는 이게 아이를 이렇게 안아 드는 마지막 기회 가운데 하나가 아닐까 생각했다. 아니면 이 아이가 이렇게 안기고 싶어 하는 마지막 순간 중 하나일지도 모른다.

나는 혼란에 빠진 아이의 작은 눈을 깊숙이 들여다보면서 솔직하게 말했다.

"너는 내 가장 친한 친구니까 나는 절대 널 떠나지 않을 거야."

이 말은 사실이다.

왜냐하면 아이가 먼저 나를 떠나게 될 거라는 사실을 알기 때문이다.

# #
우리 아이들이 꼭 알았으면 하는 것들

인터넷에는 이런 제목이 붙은 목록들이 엄청나게 많이 떠돌아다닌다. 사람들이 자녀에게 가르쳐주는 걸 잊어버릴 때를 대비해서 월드와이드 웹에 적어두는 정말 중요한 인생 교훈 말이다.

어쨌든 내가 쓴 목록도 목적은 비슷할 것이다. 이 책을 쓰기 시작한 이후로, 책이 출판되기 직전에 끔찍한 사고로 죽어서 인쇄되어 나오는 모습도 보지 못하는 불길한 꿈을 꾸었기 때문이다. 그래도 이런 꿈을 꾼 뒤, 그 사고의 여파와 그에 따른 놀랍도록 긍정적인 일도 몇 가지 상상해 봤다. 내 비극적인 죽음 때문에 이 책이 여러 언론의 주목을 받는 것이다. 사람들은 이런 슬픈 이야기를 좋아하지 않는가. 게다가 여기서 얻을 수 있는 중요한 보너스는 내 가족이 더 좋은 차를 사고 화려한 휴가를 즐길 수 있게 된다는 점이다. 이것이 그들이 받은 충격을 조금은 완화해줄 것이라고 믿고 싶다.

어쨌든 죽음에 대해서는 충분히 이야기했으니까 내가 지금까지 배운 것들을 정리하면서 마무리해보자.

아들들아, 너희가 반드시 알아야 하는 것들이 있단다······.

1. 세상에서 가장 맛있는 5대 포테이토칩은

  1) 양파 피클 맛 몬스터 먼치

  2) 스캄피 앤 레몬 맛 닉낙Scampi N' Lemon Nik Naks(지금보다 파는 곳이 더 많아져야 한다)

  3) 웟싯Wotsits

  4) 프래즐

  5) 숯불 그릴 스테이크 맛 맥코이Flame Grilled Steak McCoy's

2. 화장실 휴지를 걸 때는 늘어지는 쪽이 앞으로 오게 해야 한다. 절대로 그 부분이 뒤로 가서는 안 된다.

3. 무빙워크는 빨리 가기 위한 것이지, 천천히 움직이기 위한 기구가 아니다. 이는 에스컬레이터도 마찬가지다. 따라서 여행 가방이나 온몸으로 길을 가로막아서는 안 된다. 그런 짓을 했다가는 다른 사람들이 몹시 짜증 낼 수도 있다.

4. 커피를 마시면 온전한 문장으로 말하기 같은 게 가능해 '보이니

까' 괜찮은 커피 머신에 투자해라.

5. 늘 명랑하고 남들에게 감사하는 태도를 보이는 건 좋지만 때로는 진이 빠질 때도 있다. 가끔은 상냥하고 친절한 태도를 버리고 자신의 고통에 푹 젖어 드는 즐거움을 누려보자.

6. 비참한 기분을 충분히 느꼈으면, 뽁뽁이를 터뜨리며 기분 전환을 시도하자.

다 괜찮아질 거야!

7. 좋아하지 않는 일을 하며 보내기에는 인생이 너무 짧다. 부탁을 거절하는 법을 배우자. 거절하는 게 힘들다면 애완동물을 상대로 연습해볼 수도 있다.

8. 혼자 빠져나가려고 하지 말자. 무료 음료수나 마시고 도망가면 된다고 생각할지 모르지만, 남들은 네가 뭘 하는지 다 알고 있다.

9. 너희들이 텔레비전 리얼리티 프로그램에 나오는 모습은 절대로 보고 싶지 않다.(「마스터 셰프」는 예외다)

10. 세상에는 너희보다 똑똑하고 재능 있는 사람이 늘 있기 마련이다. 이런 상황에 대처하는 게 힘들다면, 너희보다 약간 형편없는 친구를 골라 사귀거나 좋지 않은 생각은 머릿속에만 담아두는 법을 익혀라.

11. 하지만 자기가 너희보다 낫다고 '생각하는' 자들은 그저 멍청이일 뿐이다.

12. 가스파초 Gazpacho는 글러 먹은 음식이다. 차가운 수프라고?! 왜 그런 걸 먹어야 하지? 왜?

13. 친구들에게 너희가 좋아하는 그의 장점을 말해주고, 다른 사람과 말할 때는 상대방의 눈을 쳐다봐야 한다······ 물론 그렇다고 계속 째려봐서는 안 된다. 또 스토커가 되어서도 안 된다. 그건 오싹한 짓이고 불법이기도 하니까!

14. 인터넷상에서 논쟁을 벌이지 마라. 걷잡을 수 없는 소용돌이에 휩쓸려서 소중한 시간과 뇌세포를 많이 허비하게 될 것이다.

15. 귀네스 팰트로와 완전히 반대되는 사람이 되기를 염원해라.

16. 너희들은 정말 잘생겼단다.

17. 인생에서 접하는 일을 대부분 돈 낭비로 여길 수도 있지만, 돈을 낭비하는 단 하나의 확실한 방법은 자기가 시도해보지 않은 일에 썼어야 하는 돈을 은행에 고스란히 쌓아둔 채로 죽는 거란다.

18. 교양 없는 취미를 갖고 있다면 남들이 뭐라고 해도 자신을 한심하게 여겨서는 안 된다. 나는 음악 취향이 형편없지만, 비버의 팬이라는 사실을 공개적으로 선언한 이후로 어깨의 짐이 가벼워졌다.

374

19. 이건 지금까지 들어본 최고의 농담이다······.

질문: 갈색이고 막대기처럼 생긴 게 뭘까?

답변: 막대기!

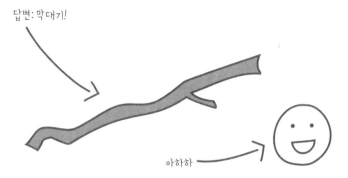

아하하

20. 약간 진지한 이야기도 해볼까? 너희들이 정말 특별한 사람이라 고 말하고 싶지만 사실······ 그렇지 않을 가능성이 높다. 부모가 "너희는 찬란하게 빛나는 내 소중한 보물이야!"라고 말하는 건 괜 찮지만, 만약 너희가 자신에게 할당된 와트보다 더 밝게 빛나려 고 애쓸 경우에는 퓨즈가 끊어져서 주변 사람이 모두 어둠 속에 남 겨질 수도 있다. 싫지 않은 일자리, 인생을 함께할 사람, 가족, 머 리를 가려주는 지붕, 저녁에 먹을 음식, 친한 친구와 술 한잔할 줄 수 있는 돈 등 이야기해야 할 게 매우 많다. 위엄 있는 삶의 유혹을

거부하고 완전한 평범함에서 오는 자유를 만끽하는 것도 괜찮은 방법이다. 평범하게 살기만 해도 충분하고, 사랑은 대부분 이런 평범함이 잘 어울린다.

21. 그리고 하나 더. 세상은 하나뿐이다. 사람은 각자 외모도 다르고, 사용하는 언어도 다르며, 너희와 다른 생각을 할 수도 있지만, 내면 깊숙한 곳을 들여다보면 결국 우리는 모두 같다. 모든 이를 반갑게 맞이하고 너희보다 운이 좋지 않은 이들을 도와라. 아주 간단한 일처럼 들리겠지만 이걸 제대로 이해하지 못하는 어른이 많다. 너희는 이걸 바로잡을 수 있는 사람들이다.
그리고 이런 정신을 주위에 전파해야 한다!

22. 내가 언급해야 하는 진지한 문제가 많다는 걸 안다. 동물에게 친절하게 대하고, 투표하고, 재활용을 중요시하고, 양치하는 걸 잊지 말고, 조심해서 운전하고, 용서하는 법을 배우고, 케일을 더 많이 섭취하고 등등. 하지만 이제 지루하기도 하고 귀네스가 녹색 채소인 케일을 즐겨 먹는다고 하니까 이쯤에서 그만두자. 아······.

23. 너희들을 만나기 전까지는 내가 큰 소리로 웃은 적이 없다는 걸 아니? 너희 덕분에 내가 매일같이 얼마나 자부심을 느끼는지 아니?

377

너희들이야말로 내가 지금껏 원했던 모든 것이라는 걸 아니? 정말

사랑해. 언제까지나. 내 온 마음을 다해서.(불완전한 부분까지 다 포함

해서)

XOXO.

감사의 글

여러분에게
건배!

아, 정말 고민이다. 어디서부터 시작해서 어디에서 끝내야 하지? 혹시
실수로 중요한 사람을 빠뜨리면 어떻게 하냐고! 애완동물한테도 감사
인사를 해야 하나? 그래야 할지도 모르지만, 어쨌든 일단 시작해보도록
하자······.

내 블로그의 글을 읽고, 댓글을 달고, 공유해준 모든 분께, 여러분이 없었
다면 책을 출판한다는 건 꿈도 꾸지 못했을 거예요. 꿈을 실현할 수 있
게 도와주고, 부모로서의 고민과 경탄이 담긴 멋진 이야기로 매일같이 웃

음을 안겨준 분들께 모두 감사드립니다.

코로넷 출판사의 훌륭한 편집팀, 에마, 앨리스, 로지, 그리고 팔로워가 별로 많지 않던 시절부터 나를 주목해준 편집자 샬럿에게 특히 감사합니다.(혹시 이 글을 읽을지 모르는 샬럿의 상사에게 말씀드리자면, 내 책을 만드느라 종종 새벽 5시까지 고생한 샬럿은 승진시켜줘야 마땅합니다)

내 친구들에게, 살면서 이렇게 좋은 친구를 많이 만난 나는 정말 행운아야! 그리고 이 글을 쓰는 지금에 와서야 겨우 이 친구들 모두 바보 같은 조직 이름으로 분류할 수 있다는 사실을 깨달았어. 갱, 내 얼굴을 한 대 날려버려. 허풍쟁이 아닌 사람들. 이 미친 세상을 밝혀주는 이성의 소리. 료렛 II, 정말 대단한 휴가였지, 그때까지 너희를 몰랐다는 사실이 기억나지 않을 정도야. 팍스즈, 우린 어쩜 그리도 오만할 수 있었을까? 하지만…… 사실 그럴 만했어. 웨스트 호브 매시브, 내가 경량급처럼 보이게 해주는 유일한 그룹.

이 책을 쓰다가 자기혐오의 구렁텅이에 빠졌을 때 무료로 심리상담을 해준 해리엇에게 특별히 소리 높여 감사 인사를 전한다. 날 수렁에서 꺼내줘서 고마워요. 에마, ASLAN 때문이라고?! 넌 정말 별종이야.(내가 무슨 말인지 알아들을 거라고 했지) 애니와 카렌, 내 정신적 동반자들. 나탈리, 온몸에 광택 페인트 범벅을 한 채로 화이트 러시안을 마셨던 건 언제까지나 행복한 기억으로 남을 거야. 제인, 토니가 대학을 그만두기로 한 날, 내 삶이 더 좋은 방향으로 바뀌었어.

가족들에게, 멋진 모범을 보여주면서 항상 높은 목표를 세우는 엄마 아빠, 친구처럼 편안하게 느껴지는 부모님이 있다는 건 정말 좋은 일이에요. 언니들과 다정한 형부들, 그리고 사랑스러운 조카들도 마찬가지야. 나를 가족으로 맞아주고 우리 아이들을 잘 돌봐주시는 시부모님 노먼과 쉴라께도 감사드립니다.

우리 꼬맹이들, 이 천방지축들아! 지속적인 콘텐츠 공급원이 되어줘서 정말 고맙구나. 늘 하는 말이지만 엄마는 너희 둘을 하늘만큼 땅만큼, 온 우주를 백만, 천만, 억만 번 뺑뺑 돌고도 남을 만큼 사랑해. 너희들은 그보다 더 큰 숫자를 말하지 못할걸? 그러니까 내가 이겼어.

J, 당신한테는 무슨 말을 해도 괜찮지? :) 안전 윙크 최고의 남편과 아빠가 되어주고, 제대로 된 직장에 다닐 생각은 않고 인터넷에 바보 같은 그림만 그리는 나를 지지해줘서 고마워. 멍청한 나를 늘 용서해주는 것도 고맙고. 하지만 그건 나랑 결혼할 때부터 알고 있었지?

마지막으로 섬퍼, 섬퍼(2), 범퍼, 플롭시, 잭, 스모키, 피기, 피클에게. 너희들 모두 이제 이 세상에 없다니 정말 유감이야. 동물들의 천국이 좋은 곳이길 바랄게.

# #
가장 웃기는 울화 행동 대회

이 책을 쓰기 시작한 이래로 자신의 재미있는 육아 경험을 들려주는 부모들의 댓글과 메시지를 엄청나게 많이 받았다. 이런 소중한 보물 가운데 일부를 이 책에 소개하면 좋을 듯해서, 블로그를 통해 본인들이 겪은 무시무시한 울화 행동을 공유해달라고 했다. 정말 터무니없는 이유로 격분해서 날뛰는 우리 아이들보다 더 재미있는 내용이 많기 때문이다.

수백 개의 멋진 이야기가 올라왔는데, 지면 사정상 그중에서 세 개만 골라봤다. 내가 가장 좋아하는 이야기 세 가지를 소개한다.

마크 스미스의 이야기

나는 아이에게 "내 손가락을 잡아당겨 봐"라고 말하고는 아이가 손가락을 당기는 순간 방귀를 뀌는 그런 장난을 잘 친다. (아빠들은 모두 그러고 놀지 않는가) 딸(두 살)이 날 따라 하려고 하기에 내가 아이 손가락을 당겼다. 그러자 아이는 방귀 대신 똥을 왕창 싸고는 화가 나서 길길이 날뛰었다. 이 대회에서 우승을 차지하기에는 너무 부적절한 내용이지만, 그 일을 떠올리면 지금도 우습다.

우승을 차지하기에 부적합하다고요? 마크, 절대 아니에요!

383

니콜라 하디의 이야기

옷을 갈아입는데 세 살 된 아이가 방에 들어왔다. 그리고는 내 가슴이 바닥에 떨어져 있다면서 공황 발작을 일으키기 시작했다. (평소에 브래지어를 갈아입으면 더러운 브래지어는 빨려고 바닥에 던져두곤 한다) 내게 그걸 다시 입으라고 했다. 비명을 지르고 악을 쓰면서 의사인 브라운 베어 박사에게 전화를 걸어 가슴을 다시 달아달라고 하란다. 이건 브래지어라는 물건이고, 엄마 가슴이 그 안에 들어 있었던 거라고 설명했다. 그러자 브래지어를 주워서 집어던졌는데, 아마 엄청 놀랐던 듯하다!

대단히 충격적인 경험이었던 모양이네요, 니콜라. 아이가 충격에서 잘 회복되길 바랍니다.

클레어 모리스의 이야기

첫째 딸이 두 살쯤 되었을 때 한밤중에 일어나 "토할 것 같다"고 말했다. 나는 밤에는 졸려서 정신을 못 차리기 때문에 남편에게 맡겼다. 남편은 아이의 기분을 돋워주려고 자기 머리 위로 아이를 들어 올렸다. 그리고 아이에게 말을 걸려고 입을 벌리는 순간, 아이가 아빠 입속에 그대로 토해버렸다. 끔찍한 건 토사물을 다시 뿜어내 아이를 겁먹게 하고 싶지 않았던 남편이 그걸 삼켜버렸다는 사실이다. 하지만 아이는 질겁하면서 아빠가 자기 토사물을 훔쳤다고 몹시 화를 냈다.

아, 정말 아름다운 아빠와 딸의 유대 관계네요, 클레어. 잘했어요, 아빠!

작가 소개

소셜 미디어 전략가·작가·그림 그리는 사람·축하 카드 제작자인 케이티 커비는 호브^{Hove}의 바닷가 동네에서 남편과 어린 두 아들과 함께 살고 있다. 현재 삼십 대 중반(어쩌면 후반)이지만, 아직 마음만은 열아홉 살이다. 하지만 안타깝게도 겉모습은 누가 봐도 삼십 대 중반이다. 대학에서 광고 마케팅을 전공해 1등급 우수 학위를 받았는데, 덕분에 지성이나 근면한 태도를 내세우기보다는 헛소리나 찍찍 해대는 걸 기본적인 삶의 태도로 삼게 되었다. 몇 년간 런던의 미디어 대행사에서 일하면서 형편없는 식당에서 노닥거리거나 이런저런 헛소리를 지껄이다가 아이를 몇 명 낳게 되었다.

직접 낳은 아이들은 아기 옷 브랜드 카탈로그에서 보던 얌전한 아이들과 달랐고, 케이티는 이런 총체적인 불공정성을 폭로하는 블로그를 시작하기로 했다.

어떤 사람은 그녀의 블로그를 좋아하면서 재미있다고 하지만, 어떤 이는 그녀가 불쾌하고, 입버릇이 나쁜 알코올 중독자며, 그림도 제대로 그리지 못한다고 비난한다. 그녀는 이런 반응을 모두 칭찬으로 받아들인다.(그림에 관한 비난은 제외하고. 무례하기는!)

어쨌든 이러저러하다 보니 상을 몇 개 받고 책도 썼다. 그게 바로 여러분이 들고 있는 이 책이다. 마법 같지 않은가!

아마 이 파트에서는 독자들이 케이티의 개인적인 기호에 대해서 더 알고 싶어 할 것 같은데, 어떤가? 아니라고? 이거 참 어렵네······.

케이티는 술과 토끼, 사물에 대해 지나치게 곰곰이 생각하는 것, 빨래방에서 나는 냄새, 몬스터 먼치를 좋아한다. 지금까지 그녀는 이 책에서 몬스터 먼치란 이름을 다섯 번 언급했는데(아니, 이제 여섯 번이 됐군!) 자신의 충성심에 대한 대가로 평생 몬스터 먼치를 무료로 공급받을 수는 없을까 생각하고 있다.

보드게임에서 지는 것과 자신을 3인칭으로 쓰는 걸 싫어한다. 정말 구역질 나는 일이다.

육아도 퇴근이 필요해

펴낸날	초판 1쇄 2017년 9월 27일

지은이	케이티 커비
옮긴이	박선령
펴낸이	심만수
펴낸곳	(주)살림출판사
출판등록	1989년 11월 1일 제9-210호

주소	경기도 파주시 광인사길 30
전화	031-955-1350 팩스 031-624-1356
홈페이지	http://www.sallimbooks.com
이메일	book@sallimbooks.com

ISBN	978-89-522-3795-8 03840

※ 값은 뒤표지에 있습니다.
※ 잘못 만들어진 책은 구입하신 서점에서 바꾸어 드립니다.

이 도서의 국립중앙도서관 출판시도서목록(CIP)은 서지정보유통지원시스템 홈페이지
(http://seoji.nl.go.kr)와 국가자료공동목록시스템(http://www.nl.go.kr/kolisnet)에서
이용하실 수 있습니다.(CIP제어번호: CIP2017024046)

책임편집·교정교열 **길주희**